Backen

Parragon

Bath · New York · Singapore · Hong Kong · Cologne · Delhi · Melbourne

Parragon Books Ltd
Queen Street House
4 Queen Street
Bath BA1 1HE, UK

Satz: Birgit Beyer
Redaktion: Ralph Henry Fischer
Koordination: Antje Seidel, Köln

ISBN 978-1-4075-0687-6

Printed in Indonesia

HINWEIS

Sind Zutaten in Löffelmengen angegeben, ist immer ein gestrichener Löffel gemeint. Ein Teelöffel entspricht 5 ml, ein Esslöffel 15 ml. Sofern nichts anderes angegeben ist, wird Vollmilch (3,5 % Fett) verwendet. Bei Eiern und einzelnen Gemüsesorten, z. B. Kartoffeln, verwenden Sie mittelgroße Exemplare. Pfeffer sollte stets frisch gemahlen sein. Sofern die Schale von Zitrusfrüchten benötigt wird, verwenden Sie unbedingt unbehandelte Früchte.

Kinder, ältere Menschen, Schwangere, Kranke und Rekonvaleszenten sollten auf Gerichte mit rohen oder nur leicht gegarten Eiern verzichten.

Inhalt

Einführung

Vielleicht haben Sie sich ans Backen bisher nicht herangetraut und Brot, Teegebäck, Plätzchen und Kuchen lieber in der Bäckerei oder im Supermarkt eingekauft – aber mit ein paar Grundkenntnissen und „Tricks" kann Selberbacken nicht nur Spaß machen, sondern auch exzellente Ergebnisse hervorbringen. Wenn Sie dabei die folgenden einfachen Grundregeln beachten, steht dem Erfolg Ihrer Backkarriere nichts mehr im Weg!

• Rezepte sorgfältig durchlesen und die richtigen Zutaten verwenden. Wer z. B. das Backpulver vergisst, muss sich nicht wundern, wenn der Kuchen nicht aufgeht!

• Den Backofen rechtzeitig auf die richtige Temperatur vorheizen.

• Die geeignete Backform verwenden, weil die Mengenangaben im Rezept exakt darauf ausgelegt sind.

• Vor dem Backen alle erforderlichen Geräte vorbereiten – z. B. Formen bzw. Backbleche nach Bedarf einfetten oder mit Backpapier auslegen.

• Alle Zutaten genau abwiegen bzw. abmessen und Zubereitungsschritte wie Hacken, Schneiden oder Raspeln vorab ausführen.

• Den Rezeptanweisungen Schritt für Schritt in der angegebenen Reihenfolge folgen. Hochwertige Zutaten garantieren die besten Ergebnisse – Kuchen werden mit Roh- bzw. Farin-Zucker besonders lecker; herzhafte Ofengerichte gelingen mit frischem Gemüse, Fisch und Fleisch mit Herkunftsbezeichnung und kalt gepresstem Olivenöl am besten.

Mürbeteig

• Metallformen sind für Quiches und Tortenböden aus Mürbeteig besser geeignet als solche aus Porzellan.

• Butter oder Margarine klein geschnitten bei Zimmertemperatur verarbeiten.

• Zum Anmischen eiskaltes Wasser verwenden.

• Teig am besten mit kühlen Zutaten und kalten Händen zubereiten.

• Trockenzutaten in eine Schüssel sieben, um einen lockeren Teig zu erhalten.

• Teig in Klarsichtfolie wickeln und vor der Weiterverarbeitung 30 Minuten im Kühlschrank ruhen lassen.

Brot

• Vorausplanen: Die meisten Rezepte umfassen ein bis zwei Aufgehphasen (in denen man den Teig warm stellt, bis sich sein Volumen verdoppelt hat).

• Zu kühles Mehl vor der Verarbeitung im Backofen bei niedriger Temperatur erwärmen.

• Flüssigkeit sollte lauwarm sein, um die Hefe zu aktivieren.

• Teig kneten: Mit einer Hand von sich weg, mit der anderen zu sich hin dehnen, dann die Ränder nach innen schlagen, den Teig um 90° drehen und wiederholen.

• Gar-Test: Von unten gegen das Brot klopfen – klingt es hohl, ist es fertig.

Kuchen

• Aus Springformen lässt sich Kuchen leichter lösen.

• Vor der Teigzubereitung alle Zutaten auf Zimmertemperatur bringen.

• Butter und Zucker am besten mit einem elektrischen Handrührer schaumig rühren.

• Trockenzutaten vorsichtig mit einem Metalllöffel oder einem Teigspachtel in Form einer 8 unterziehen. So kommt Luft in den Teig, die den Kuchen lockerer macht.

• Ist ein Kuchen durch, gibt er unter leichtem Druck federnd nach, und an einem in die Kuchenmitte gesteckten Metallspießchen klebt beim Herausziehen kein Teig mehr.

Grundrezepte

Sauce bolognese

ERGIBT CA. 600 ml

3 EL Olivenöl

3 EL Butter

2 große Zwiebeln, gewürfelt

4 Selleriestangen, in Scheiben

175 g durchwachsener Speck, gewürfelt

2 Knoblauchzehen, gehackt

500 g Rinderhack

2 EL Tomatenmark

1 EL Mehl

400 g Tomaten aus der Dose, gehackt

150 ml Rinderbrühe

150 ml Rotwein

2 TL getrockneter Oregano

1/2 TL frisch geriebene Muskatnuss

Salz und Pfeffer

1 Öl und Butter in einem Topf bei mittlerer Hitze erwärmen. Zwiebeln, Sellerie und Speck zugeben und 5 Minuten unter ständigem Rühren andünsten.

2 Knoblauch und Rinderhack zugeben und unter Rühren anbraten, bis sich das Fleisch verfärbt. Hitze reduzieren und die Mischung unter gelegentlichem Rühren 10 Minuten köcheln lassen.

3 Wieder auf mittlere Hitze bringen, Tomatenmark und Mehl einrühren und 1–2 Minuten köcheln lassen. Tomaten, Brühe und Wein zufügen und unter ständigem Rühren aufkochen lassen. Mit Salz und Pfeffer abschmecken und Oregano und Muskat untermengen. Bei schwacher Hitze zugedeckt unter gelegentlichem Rühren 45 Minuten köcheln lassen. Dann ist die Sauce fertig.

Pizza-Grundteig

FÜR 1 PIZZA (25 cm Ø)

175 g Mehl, plus etwas mehr, zum Bestäuben

1 TL Salz

1 TL Trockenhefe

6 EL lauwarmes Wasser

1 EL Olivenöl

1 Mehl und Salz in eine große Schüssel sieben und die Hefe zugeben. Wasser und Öl zugießen und zu einem Teig vermengen. 5 Minuten durchkneten, dann an einem warmen Ort gehen lassen, bis sich der Teig verdoppelt hat.

2 Luft aus dem Teig klopfen, dann leicht durchkneten. Auf einer mit Mehl bestäubten Arbeitsfläche ausrollen. Jetzt ist die Pizza fertig zum Belegen.

Gemüsebrühe

Die Brühe hält sich im Kühlschrank bis zu 3 Tagen und eingefroren bis zu 3 Monaten. Bei der Zubereitung wird kein Salz zugegeben. Besser ist es, sie erst später – je nach Verwendungszweck – mit Salz abzuschmecken.

ERGIBT CA. 1,5 l

250 g Schalotten
1 große Karotte, gewürfelt
1 Selleriestange, gewürfelt
½ Fenchelknolle
1 Knoblauchzehe
1 Lorbeerblatt
einige frische Petersilien- und Estragonzweige
2 l Wasser
Pfeffer

1 Alle Zutaten in einen großen Topf geben und zum Kochen bringen.

2 Den an der Oberfläche gebildeten Schaum mit einem Schaumlöffel abschöpfen und die Hitze so weit reduzieren, dass die Flüssigkeit nur noch leise köchelt. Mit lose aufgelegtem Deckel 45 Minuten köcheln. Dann abkühlen lassen.

3 Ein Sieb mit sauberem Musselin auslegen und über eine große Schüssel platzieren. Die Brühe durch das Sieb passieren; die zurückbleibenden Kräuter und Gemüse fortwerfen.

4 Kann in kleinen, verschlossenen Behältern bis zu 3 Tagen im Kühlschrank aufbewahrt werden.

Pesto

ERGIBT CA. 300 ml

60 g frisch gehackte Petersilie
2 Knoblauchzehen, zerdrückt
60 g Pinienkerne, zerstoßen
2 EL frisch gehacktes Basilikum
60 g frisch geriebener Parmesan
150 ml Olivenöl
weißer Pfeffer

1 Alle Zutaten im Mixer in 2 Minuten zu einer glatten Masse verarbeiten oder mit einem Mörser von Hand zerstoßen und vermengen.

2 Mit weißem Pfeffer abschmecken, in eine Schüssel geben, mit Frischhaltefolie abdecken und bis zur Verwendung in den Kühlschrank stellen.

Desserts

In den Augen überzeugter Nachtischliebhaber gehört zu jedem Menü als krönender Abschluss eine verlockende Süßspeise. Hierbei müssen genussvolles Schlemmen und gesunde Zutaten kein Widerspruch sein. Viele Rezepte in diesem Kapitel werden mit Früchten zubereitet – ideale Zutaten für gesunde Desserts mit äußerst verführerischem Aroma –, wie z. B. Brombeer-auflauf, Himbeertürmchen, Zarte Obstnester, Tarte Tatin mit Äpfeln und Gebackene Bananen. Besonders köstliche Nachspeisen lassen sich auch mit eiweißreichen Nusssorten backen, so etwa Käsekuchen mit Pinienkernen oder Mandeln.

Königinnen-Dessert

Für 8 Personen

600 ml Milch
25 g Butter
225 g feiner Zucker
geriebene Schale von 1 Orange
4 Eier, getrennt
75 g Semmelbrösel
1 Prise Salz
6 EL Orangenmarmelade

TIPP

Wer die Baiserkruste etwas knuspriger mag, kann die Backzeit um 5 Minuten verlängern.

VARIATION

Semmelbrösel durch die gleiche Menge Biskuitteigbrösel ersetzen und Himbeer-, Erdbeer- oder Aprikosenmarmelade anstelle der Orangenmarmelade verwenden.

1 Eine Auflaufform mit ca. 1½ l Inhalt einfetten.

2 Milch, Butter, 50 g Zucker und die Orangenschale in einem Topf erwärmen.

3 Das Eigelb in einer Schüssel verquirlen. Die Milchmischung unter ständigem Rühren nach und nach zugeben.

4 Anschließend die Semmelbrösel einrühren. Die fertige Creme in die vorbereitete Form geben und 15 Minuten ruhen lassen.

5 Die Creme bei 180 °C im vorgeheizten Backofen 20–25 Minuten backen, bis sie stockt. Dann aus dem Ofen nehmen, den Ofen aber nicht ausschalten.

6 Das Eiweiß salzen und steif schlagen. Nach und nach den restlichen Zucker unterrühren.

7 Die Orangenmarmelade auf der gebackenen Creme verteilen, dann mit dem Eischnee vollständig bedecken.

8 Das Dessert weitere 20 Minuten im noch warmen Ofen backen, bis der Eischnee knusprig und leicht gebräunt ist.

Bread & Butter Pudding

Für 6 Personen

60 g Butter

4–5 Scheiben Weiß- oder Graubrot

4 EL Orangenmarmelade mit Stücken

geriebene Schale von 1 Zitrone

90–125 g Rosinen oder Sultaninen

40 g Orangeat und Zitronat, gehackt

1 TL gemahlener Zimt oder Apfelstrudelgewürz

1 Kochapfel, geschält, entkernt und grob gerieben

90 g hellbrauner Zucker

3 Eier

500 ml Milch

2 EL Farin-Zucker

1 Eine feuerfeste Form mit Butter einfetten und die Brotscheiben mit Butter bestreichen. Dann die Marmelade auf das Brot geben.

2 Die Form mit dem Brot auslegen und die Zitronenschale, die Hälfte der Rosinen oder Sultaninen, die Hälfte des Orangeats und Zitronats, die Gewürze, den ganzen Apfel und die Hälfte des Zuckers darüber streuen.

3 Noch 1 Schicht Brot darüber legen. Eventuell zurechtschneiden, damit es in die Form passt.

4 Fast alle restlichen Rosinen oder Sultaninen, Schale, Gewürze und hellbraunen Zucker gleichmäßig über das Brot streuen. Gegebenenfalls das Brot wieder passend schneiden.

5 Eier und Milch leicht verquirlen und die Mischung vorsichtig über das Brot gießen. Falls möglich, 20–30 Minuten beiseite stellen.

6 Farin-Zucker über den Pudding geben, die restlichen Rosinen oder Sultaninen darüber streuen und im vorgeheizten Backofen bei 200 °C 50 – 60 Minuten goldbraun backen. Sofort heiß servieren oder abkühlen lassen und kalt servieren.

2

5

6

Evas Apfelauflauf

Für 6 Personen

450 g Kochäpfel, geschält, entkernt
75 g Zucker
1 EL Zitronensaft
50 g Sultaninen
75 g Butter
75 g feiner Zucker
1 Ei, verquirlt
150 g Mehl
1½ TL Backpulver
3 EL Milch
25 g gehobelte Mandeln
Vanillesauce oder Schlagsahne

TIPP

Für mehr Mandelgeschmack 25 g gemahlene Mandeln mit dem Mehl in Schritt 4 vermengen.

1 Äpfel in Scheiben schneiden. Eine Auflaufform (900 ml) einfetten.

2 Äpfel, Kristallzucker, Zitronensaft und Sultaninen mischen und in die vorbereitete Form geben.

3 Butter und Zucker schaumig schlagen. Dann nach und nach das Ei zugeben.

4 Mehl und Backpulver mischen und vorsichtig unter die Buttermischung heben. Dann die Milch einrühren, bis ein sehr weicher Teig entsteht.

5 Den Teig über die Äpfel geben und mit den Mandeln bestreuen.

6 Den Auflauf bei 180 °C im vorgeheizten Backofen 40–45 Minuten goldbraun backen.

7 Heiß mit Vanillesauce oder Schlagsahne servieren.

2

4

5

Himbeertürmchen

Für 8 Personen

175 g Mehl
2 TL Backpulver
100 g Butter, in kleinen Stücken
75 g Zucker
1 Eigelb
1 EL Rosenwasser
600 g Sahne, leicht geschlagen
225 g Himbeeren
DEKORATION
Puderzucker
Himbeeren und frische Minzeblätter, zum Garnieren

TIPP

Man kann die Böden einige Tage zuvor backen und in einem luftdichten Behälter lagern.

VARIATION

Mit Erdbeeren oder frischen Pfirsichspalten anstelle der Himbeeren schmeckt der Kuchen ebenfalls köstlich.

1 Mit etwas Butter 2 Backbleche leicht einfetten.

2 Für den Teig Mehl und Backpulver in eine Schüssel sieben.

3 Die Butter mit den Fingern in der Mehlmischung verreiben, bis ein krümeliger Teig entsteht.

4 Zucker, Eigelb und Rosenwasser einrühren und zu einem weichen Teig verarbeiten. Den Teig in zwei Hälften teilen.

5 Beide Teighälften zu runden Scheiben von etwa 20 cm Ø ausrollen, auf die vorbereiteten Backbleche legen und an den Rändern leicht einkräuseln.

6 Bei 190 °C im vorgeheizten Backofen 15 Minuten backen, bis beide Böden leicht gebräunt sind. Dann auf einem Rost abkühlen lassen.

7 Die Himbeeren unter die Sahne heben, und die Mischung auf einen der Kuchenböden streichen. Mit dem zweiten Boden abdecken und mit etwas Puderzucker bestreuen. Mit einigen Himbeeren und Minzeblättern dekorieren.

Fruchtnockerln

Für 6 Personen

1 kg Pflaumen, entsteint und in Spalten geschnitten
100 g feiner Zucker
1 EL Zitronensaft
250 g Mehl
75 g Kristallzucker
2 TL Backpulver
1 Ei, verquirlt
150 ml Buttermilch
75 g Butter, zerlassen und abgekühlt
Schlagsahne, zum Servieren

1 Eine Auflaufform (ca. 2 l Inhalt) leicht einfetten.

2 Pflaumen, feinen Zucker, Zitronensaft und 25 g Mehl in einer großen Schüssel vorsichtig vermengen.

3 Die so entstandene Mischung in der vorbereiteten Form gleichmäßig verteilen.

4 Das restliche Mehl, den Kristallzucker und das Backpulver in einer Schüssel vermengen.

5 Ei, Buttermilch sowie Butter zugeben und vorsichtig unterrühren, bis ein glatter Teig entsteht.

6 Den Teig löffelweise über die Pflaumenmischung geben, bis diese fast bedeckt ist.

7 Die Nockerln bei 190 °C im vorgeheizten Backofen 35–40 Minuten goldbraun backen.

8 Noch heiß mit einer Portion Schlagsahne servieren.

3

5

6

Brombeerauflauf

Für 4 Personen

450 g Brombeeren

75 g feiner Zucker

1 Ei

75 g brauner Zucker

75 g Butter, zerlassen

8 EL Milch

125 g Mehl

1¼ TL Backpulver

1 Eine Auflaufform (ca. 900 ml Inhalt) einfetten.

2 Die Brombeeren und den feinen Zucker in einer großen Schüssel vorsichtig gründlich vermengen.

3 Die so entstandene Mischung in die vorbereitete Form geben.

4 Das Ei und den braunen Zucker verquirlen. Dann die Butter und die Milch einrühren.

VARIATION

Für einen leichten Schokogeschmack den Teig in Schritt 5 mit 2 Esslöffeln Kakao vermengen.

5 Mehl und Backpulver mischen, in die Milchmischung sieben und vorsichtig zu einem glatten Teig verarbeiten.

6 Den Teig über die gezuckerten Brombeeren geben, sodass die Früchte ganz bedeckt sind.

7 Den Auflauf bei 180 °C im vorgeheizten Backofen 25–30 Minuten goldbraun backen.

8 Mit ein wenig Zucker bestreuen und noch heiß servieren.

3

5

6

Sirup-Sahne-Kuchen

Für 8 Personen

250 g Mürbeteig
350 g heller Sirup
125 g frische Semmelbrösel
125 g Schlagsahne
geriebene Schale von 1/2 Zitrone oder Orange
2 EL Zitronen- oder Orangensaft
Vanillesauce, zum Servieren

TIPP

Das Abmessen von Sirup ist schwierig, weil er klebrig ist. Von einem vorher in heißes Wasser getauchten Löffel löst er sich leichter und vollständiger.

VARIATION

Mit dem zurückbehaltenen Teig können Sie auch ein Gittermuster gestalten.

1 Den Teig ausrollen und in eine Springform (20 cm Ø) einpassen; überschüssigen Teig für die Dekoration zurückbehalten. Den Teig in der Form mehrmals mit einer Gabel einstechen. Dann kalt stellen.

2 Mit einem scharfen Messer oder einer kleinen Ausstechform beliebige Figuren wie Blätter, Herzen oder Sterne als Dekoration aus dem zurückbehaltenen Teig formen.

3 Sirup, Semmelbrösel, Sahne, Zitronen- oder Orangenschale und -saft in einer Schüssel verrühren.

4 Diese Mischung auf den gekühlten Teig in die Form geben und die Oberfläche rundum mit den vorbereiteten Figuren belegen.

5 Den Kuchen bei 190 °C im vorgeheizten Backofen 35–40 Minuten backen, bis die Füllung fest ist.

6 Den fertigen Kuchen abkühlen lassen, aus der Form nehmen und mit Vanillesauce servieren.

3

2

4

Tarte Tatin

Für 8 Personen

125 g Butter

125 g feiner Zucker

4 Äpfel, entkernt und geviertelt

250 g Mürbeteig

Crème fraîche, zum Servieren

1 Butter und Zucker in einer feuerfesten Pfanne von 24 cm Ø bei mittlerer Hitze etwa 5 Minuten erwärmen, bis die Mischung karamellisiert. Dann sofort vom Herd nehmen.

2 Die Apfelviertel mit der Schale nach unten in die Pfanne legen. (Vorsicht, sie ist sehr heiß!) Die Pfanne wieder auf den Herd stellen und die Äpfel 2 Minuten köcheln lassen.

3 Den Teig auf einer leicht bemehlten Arbeitsfläche zu einer runden Scheibe ausrollen, die etwas größer als die Pfanne ist.

4 Den Teig auf die Äpfel legen, andrücken und die Enden so einschlagen, dass die Äpfel bedeckt sind.

5 Die Tarte bei 200 °C im vorgeheizten Backofen 20–25 Minuten goldbraun backen. Dann herausnehmen und 10 Minuten abkühlen lassen.

6 Die Tarte auf einen Teller stürzen, sodass die Äpfel nun obenauf sind. Noch warm mit Crème fraîche servieren.

Obststreusel

Für 8 Personen

TEIG
150 g Mehl
25 g feiner Zucker
125 Butter, in kleinen Stücken
1 EL Wasser

FÜLLUNG
250 g Himbeeren
450 g Pflaumen, entsteint und in Spalten geschnitten
3 EL Farin-Zucker

STREUSEL
125 g Mehl
75 g Farin-Zucker
100 g Butter, in kleinen Stücken
100 g gemischte Nüsse, gehackt
1 TL gemahlener Zimt
Schlagsahne, zum Servieren

1

3

1 Für den Teig Mehl und Zucker mischen und in eine Schüssel geben. Die Butter darin mit den Fingern verreiben. Wasser zufügen und zu einem weichen Teig verarbeiten. In Frischhaltefolie wickeln und 30 Minuten kalt stellen.

2 Anschließend den Teig ausrollen und in eine Springform (24 cm Ø) einpassen. Mit einer Gabel einstechen und erneut 30 Minuten kalt stellen.

3 Für die Füllung Himbeeren, Pflaumen und Zucker mischen und auf dem Teig in der Springform verteilen.

4 Für die Streusel Mehl, Zucker und Butter mit den Fingern vermengen, bis eine krümelige Mischung entsteht. Dann Nüsse und Zimt zugeben.

5

5 Die Streusel über die Früchte streuen, und den so vorbereiteten Kuchen bei 200 °C im vorgeheizten Backofen 20–25 Minuten goldbraun backen. Abkühlen lassen und mit Schlagsahne servieren.

Zarte Obstnester

Für 4 Personen

1 Dessertapfel

1 reife Birne

2 EL Zitronensaft

60 g Butter oder Margarine

4 rechteckige Filo-Teigplatten

2 EL Diät-Aprikosenmarmelade

1 EL ungesüßter Orangensaft

1 EL ungesalzene Pistazien, fein gehackt

2 TL Puderzucker, zum Bestäuben

Vanillesauce, zum Servieren

TIPP

Die Filo-Teigplatten bis zur Verwendung mit einem sauberen, feuchten Küchentuch abdecken, weil sie sonst leicht austrocknen.

VARIATION

Andere Obstkombinationen sind ebenso lecker. Probieren Sie Pfirsich und Aprikose, Himbeere und Apfel oder Ananas und Mango.

1 Apfel und Birne entkernen, in dünne Scheiben schneiden und im Zitronensaft wälzen, um Bräunen zu verhindern.

2 Butter oder Margarine in einem kleinen Topf bei schwacher Hitze zerlassen. Die Filo-Teigplatten in Viertel schneiden und mit einem sauberen, feuchten Handtuch bedecken. 4 beschichtete Törtchenformen (10 cm Ø)

mit der zerlassenen Butter oder Margarine einfetten.

3 Pro Nest 4 Teigplatten einfetten. In jede Form 1 Platte drücken. Die 3 anderen jeweils leicht versetzt darauf legen. Mit dem restlichen Teig die weiteren 3 Nester zusammenfügen.

4 Apfel- und Birnenscheiben abwechselnd in die Nester schichten, die Teigränder leicht nach innen biegen.

5 Marmelade und Orangensaft glatt rühren und auf das Obst streichen. Bei 200 °C im vorgeheizten Backofen 12–15 Minuten backen.

6 Mit den Pistazien bestreuen, mit Puderzucker bestäuben und heiß mit Vanillesauce servieren.

Sahnekuchen

Für 8 Personen

TEIG

150 g Mehl

25 g Zucker

125 g Butter, in kleinen Stücken

1 EL Wasser

FÜLLUNG

3 Eier

150 g Schlagsahne

150 ml Milch

frisch geriebene Muskatnuss

1 Für den Teig Mehl und Zucker in einer Schüssel mischen. Die Butter mit den Fingern darin verreiben.

2 Das Wasser zufügen und zu einem weichen Teig verarbeiten. In Frischhaltefolie wickeln und 30 Minuten kalt stellen.

3 Den abgekühlten Teig auf einer leicht bemehlten Arbeitsfläche zu einer runden Scheibe von etwas mehr als 24 cm Ø ausrollen.

4 In eine Springform von 24 cm Ø einpassen. Überstehende Enden entfernen, den Boden mit einer Gabel einstechen und 30 Minuten kühlen.

5 Anschließend mit Backpapier und Backbohnen bedecken.

6 Im vorgeheizten Ofen bei 190 °C 15 Minuten blind backen. Papier und Bohnen entfernen, dann den Teig weitere 15 Minuten backen.

7 Für die Füllung alle Zutaten verquirlen. Auf dem Teig verteilen und weitere 25–30 Minuten backen, bis die Füllung stockt. Auskühlen lassen und servieren.

Gefüllte Kipferl

Für 4 Personen

TEIG

500 g Mehl

150 g Butter, plus etwas mehr, zum Einfetten

150 g Zucker

4 Eier

25 g Hefe

125 ml warme Milch

FÜLLUNG

200 g Kastanienpüree

60 g Kakaopulver

60 g Zucker

60 g Mandeln, gehackt

60 g Amaretti, zerbröselt

180 g Orangenmarmelade

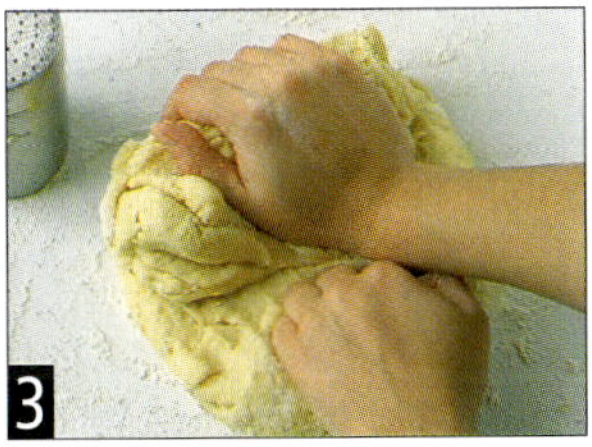

3

4

1 Das Mehl für den Teig in eine Rührschüssel sieben, dann mit Butter, Zucker und 3 Eiern verrühren.

2 Hefe und Milch in einer kleinen Schüssel verquirlen und in den Teig mischen.

3 Den Teig 20 Minuten kneten, mit einem sauberen Tuch abdecken und 1 Stunde an einem warmen Ort gehen lassen.

4 Kastanienpüree, Kakaopulver, Zucker, Mandeln, Amaretti und Orangenmarmelade in einer Schüssel mischen.

5 Ein Backblech einfetten und die Arbeitsfläche leicht bemehlen.

6 Den Teig dünn ausrollen und mit einem glatten Ausstecher 5 cm große Scheiben ausstechen.

8

7 Je 1 Teelöffel Füllung auf jede Scheibe geben, dann den Teig in der Mitte einschlagen und die Ränder festdrücken. Die Kipferl mit reichlich Zwischenraum auf dem Backblech verteilen.

8 Das letzte Ei verquirlen und die Kipferl damit rundum bestreichen. 20 Minuten im vorgeheizten Backofen bei 180 °C goldgelb backen. Heiß servieren.

Zitronenkuchen

Für 8 Personen

TEIG

150 g Mehl

25 g Zucker

125 g Butter, in kleinen Stücken

1 EL Wasser

FÜLLUNG

150 g Schlagsahne

100 g Zucker

4 Eier

geriebene Schale von 3 Zitronen

180 ml Zitronensaft

Puderzucker, zum Bestäuben

TIPP

Zuerst nur die Hälfte der Füllung auf den Teigboden gießen, die Form in den Ofen stellen und die restliche Füllung hineingießen.

1 Für den Teig Mehl und Zucker in einer Schüssel mischen. Die Butter mit den Fingern darin verreiben. Das Wasser zufügen und alles zu einem weichen Teig verarbeiten. Den Teig in Frischhaltefolie wickeln und 30 Minuten kalt stellen.

1

2 Den Teig auf einer leicht bemehlten Arbeitsfläche ausrollen und in eine Springform (24 cm Ø) einpassen. Den Boden mit einer Gabel einstechen und weitere 30 Minuten kalt stellen.

2

3 Den Teig mit Backpapier und Backbohnen bedecken und bei 190 °C im vorgeheizten Backofen 15 Minuten blind backen. Backpapier und Bohnen entfernen und den Teig weitere 15 Minuten backen.

4 Für die Füllung Sahne, Zucker, Eier, Zitronenschalen und Saft verquirlen. Die fertige Mischung auf dem Teig in der Springform verteilen und die Form auf ein Backblech stellen.

4

5 Den Kuchen 20 Minuten backen, bis die Füllung stockt. Anschließend gut abkühlen lassen und vor dem Servieren mit Puderzucker bestäuben.

Käsekuchen mit Pinienkernen

Für 8 Personen

TEIG

150 g Mehl

25 g Zucker

125 g Butter, in kleinen Stücken

1 EL Wasser

FÜLLUNG

350 g Quark

4 EL Schlagsahne

3 Eier

125 g Zucker

geriebene Schale von 1 Orange

100 g Pinienkerne

Puderzucker, zum Bestäuben

1 Für den Teig Mehl und Zucker in einer Schüssel mischen. Die Butter mit den Fingern darin verreiben. Das Wasser zufügen und alles zu einem weichen Teig verarbeiten. Den Teig in Frischhaltefolie wickeln und 30 Minuten kalt stellen.

2 Den Teig auf einer leicht bemehlten Arbeitsfläche ausrollen und in eine Springform (24 cm Ø) einpassen. Den Boden mit einer Gabel einstechen und erneut 30 Minuten kalt stellen.

3 Den Teig mit Backpapier und Backbohnen bedecken und bei 190 °C im vorgeheizten Backofen 15 Minuten blind backen. Papier und Backbohnen entfernen und den Teig weitere 15 Minuten backen.

4 Für die Füllung Quark, Sahne, Eier, Zucker, Orangenschale und die Hälfte der Pinienkerne vermengen. Auf dem Teigboden verteilen und mit den restlichen Pinienkernen bestreuen.

5 Den Kuchen bei 170 °C im vorgeheizten Backofen 35 Minuten backen, bis die Füllung fest geworden ist. Aus dem Ofen nehmen, abkühlen lassen und vor dem Servieren mit Puderzucker bestäuben.

VARIATION

Sie können die Pinienkerne auch durch Mandelblättchen ersetzen.

Orangenkuchen

Für 6–8 Personen

TEIG
150 g Mehl
25 g Zucker
125 g Butter, in kleinen Stücken
1 EL Wasser

FÜLLUNG
geriebene Schale von 2 Orangen
140 ml Orangensaft
50 g frische Semmelbrösel
2 EL Zitronensaft
150 g Schlagsahne
50 g Butter
50 g Zucker
2 Eier, getrennt
Salz

ZUM SERVIEREN
Schlagsahne
Orangenschale, in Zesten

1 Für den Teig Mehl und Zucker in einer Schüssel mischen. Die Butter mit den Fingern darin verreiben. Wasser zufügen und alles zu einem weichen Teig verarbeiten. Den Teig in Frischhaltefolie wickeln und 30 Minuten kalt stellen.

4

5

2 Den Teig auf einer leicht bemehlten Arbeitsfläche ausrollen und in eine Springform (24 cm Ø) einpassen. Den Boden mit einer Gabel einstechen und erneut 30 Minuten kalt stellen.

3 Den Teig mit Backpapier und Backbohnen bedecken und bei 190 °C im vorgeheizten Backofen 15 Minuten blind backen. Papier und Bohnen entfernen und weitere 15 Minuten backen.

4 Für die Füllung Orangenschale, -saft und Semmelbrösel in einer Schüssel mischen. Zitronensaft und Sahne zugießen. Butter und Zucker in einem kleinen Topf vorsichtig erhitzen, bis sich der Zucker auflöst. Vom Herd nehmen, Eigelb, 1 Prise Salz und die Zitrusmischung einrühren.

5 Das Eiweiß mit 1 Prise Salz steif schlagen und unter die Zitrusmischung heben.

6 Die Füllung auf dem Teig verteilen. Im vorgeheizten Backofen bei 170 °C 45 Minuten backen, bis die Füllung fest wird. Kurz abkühlen lassen und mit Schlagsahne und Orangenschale servieren.

Kokoscremekuchen

Für 6–8 Personen

TEIG

150 g Mehl

25 g Zucker

125 g Butter, in kleinen Stücken

1 EL Wasser

FÜLLUNG

425 ml Milch

125 g Kokoscreme

3 Eigelb

125 g Zucker

50 g Mehl, gesiebt

25 g Kokosraspel

25 g kandierte Ananas, gehackt, plus etwas mehr, zum Garnieren

2 EL Rum oder Ananassaft

300 g Sahne, geschlagen

1 Für den Teig Mehl und Zucker in einer Schüssel mischen. Die Butter mit den Fingern darin verreiben. Wasser zufügen und zu einem weichen Teig verarbeiten. In Frischhaltefolie wickeln und 30 Minuten kalt stellen.

1

2 Den Teig ausrollen, in eine Springform (24 cm Ø) einpassen, den Boden mit einer Gabel einstechen und erneut 30 Minuten kalt stellen.

3 Anschließend mit Backpapier und Backbohnen bedecken und bei 190 °C im vorgeheizten Backofen 15 Minuten blind backen. Papier und Bohnen entfernen und 15 Minuten backen. Dann abkühlen lassen.

4 Für die Füllung Milch und Kokoscreme unter Rühren erhitzen, bis die Kokoscreme schmilzt. Vom Herd nehmen.

5 Eigelb und Zucker schaumig schlagen. Mehl einstreuen, Kokosmilch einrühren, die Mischung wieder auf den Herd stellen, 8 Minuten unter Rühren einkochen, dann abkühlen lassen.

4

6 Kokosraspel, Ananas und Rum einrühren. Die Mischung auf dem Teig verteilen, mit Schlagsahne bestreichen, mit den restlichen Ananasstücken dekorieren, abkühlen und servieren.

5

Aprikosen-Preiselbeer-Kuchen

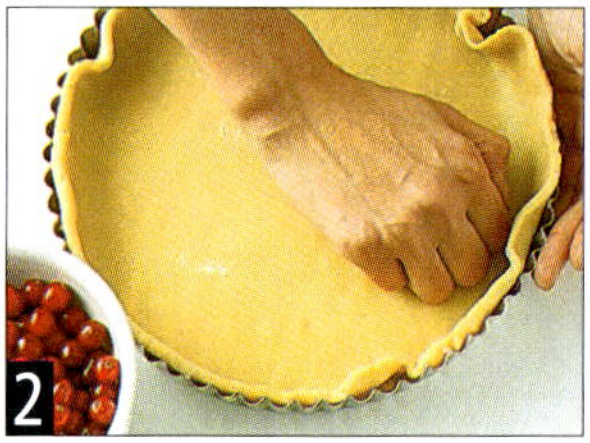

Für 8 Personen

TEIG

150 g Mehl

25 g Zucker

125 g Butter, in kleinen Stücken

1 EL Wasser

FÜLLUNG

200 g Butter

200 g Zucker

1 Ei

2 Eigelb

40 g Mehl, gesiebt

175 g gemahlene Mandeln

4 EL Schlagsahne

400 g Aprikosenhälften aus der Dose, abgetropft

125 g frische Preiselbeeren

1 Für den Teig Mehl und Zucker in einer Schüssel mischen. Die Butter mit den Fingern darin verreiben. Wasser zufügen und alles zu einem weichen Teig verarbeiten. Den Teig in Frischhaltefolie wickeln und 30 Minuten kalt stellen.

2 Den Teig ausrollen und in eine Springform (24 cm Ø) einpassen. Den Boden mit einer Gabel einstechen und erneut 30 Minuten kalt stellen.

3 Den Teig mit Backpapier und Backbohnen bedecken und bei 190 °C im vorgeheizten Backofen 15 Minuten blind backen. Papier und Bohnen entfernen und den Teig weitere 15 Minuten backen.

4 Für die Füllung Butter und Zucker schaumig schlagen. Ei und Eigelb zugeben, dann Mehl, Mandeln und Sahne einrühren.

5 Aprikosen und Preiselbeeren auf dem Teig verteilen, darauf den Mandelschaum mit einem Löffel geben.

6 Den Kuchen 1 Stunde backen, bis die Füllung stockt. Kurz abkühlen lassen und warm oder kalt servieren.

Warmer Apfel-Käse-Kuchen

Für 8 Personen

175 g Mehl
3 TL Backpulver
1 Prise Salz
75 g brauner Zucker
100 g Datteln, entsteint und gehackt
500 g Äpfel, entkernt und gehackt
50 g Walnusskerne, gehackt
50 ml Sonnenblumenöl
2 Eier
175 g Red-Leicester-Käse, ersatzweise milder Gouda, gerieben

TIPP

Eventuelle Reste können im Kühlschrank gelagert und vor dem Verzehr aufgewärmt werden.

1 Eine Springform (24 cm Ø) einfetten und mit Backpapier auslegen.

2 Mehl, Backpulver und Salz in eine Schüssel sieben. Zucker, Datteln, Äpfel und Walnüsse zugeben und alles gut verrühren.

3 Öl und Eier verquirlen und gut mit den anderen Zutaten mischen.

4 Die Hälfte des Kuchenteigs in die vorbereitete Form füllen und die Oberfläche glatt streichen.

5 Den Teig mit dem Käse bestreuen. Den restlichen Teig darüber verteilen und ebenfalls glatt streichen.

6 Den Kuchen im vorgeheizten Backofen bei 180 °C 45–50 Minuten goldbraun backen.

7 In der Form etwas abkühlen lassen und noch warm servieren.

2

3

5

Mincemeat-Trauben-Tasche

Für 4 Personen

500 g Blätterteig

410 g Mincemeat (siehe Tipp)

100 g Trauben, halbiert und entkernt

1 Ei, verquirlt, zum Bestreichen

Farin-Zucker, zum Bestreuen

TIPP

Mincemeat besteht aus getrockneten, eingelegten Früchten und ist in britischen Lebensmittelgeschäften oder über das Internet erhältlich.

VARIATION

Für einen intensiveren Geschmack geben Sie 2 Teelöffel Sherry an das Mincemeat.

1 Ein Backblech leicht einfetten und die Arbeitsfläche leicht bemehlen.

2 Den Teig darauf ausrollen und in 2 Rechtecke teilen.

3 Auf das Backblech 1 Teigrechteck legen und die Ränder mit Wasser bestreichen.

4 Mincemeat und Trauben in einer Schüssel vermengen und die Mischung auf das Teigstück verteilen; dabei einen Rand von etwa $2\frac{1}{2}$ cm aussparen.

5 Das zweite Teigstück längs falten und entlang der Faltkante mehrere Male schräg einschneiden; dabei ebenfalls einen Rand von etwa $2\frac{1}{2}$ cm stehen lassen.

6 Das Teigstück wieder aufklappen, über das belegte Rechteck legen,

die aufeinander liegenden Ränder gut zusammendrücken und leicht einkräuseln.

7 Die Teigoberfläche mit dem Ei bestreichen und mit Farin-Zucker bestreuen.

8 Die Teigtasche im vorgeheizten Backofen bei 220 °C 15 Minuten backen. Dann auf 180 °C reduzieren und die Tasche weitere 30 Minuten goldbraun backen.

9 Auf ein Rost legen und vor dem Servieren abkühlen lassen.

Limetten-Mandel-Törtchen

Ergibt 12 Stück

125 g Mehl

100 g weiche Butter

1 TL geriebene Limettenschale

1 EL Limettensaft

50 g Zucker

1 Ei

25 g gemahlene Mandeln

50 g Puderzucker, gesiebt

½ EL Wasser

1 Vom Mehl 5 Teelöffel und von der Butter 3 Teelöffel beiseite stellen.

2 Das übrige Mehl in eine Schüssel sieben und mit der restlichen Butter zu einem krümeligen Teig verreiben. Limettenschale und -saft einrühren und zu einem weichen Teig verarbeiten.

3 Den Teig auf einer leicht bemehlten Arbeitsfläche dünn ausrollen. 12 runde Scheiben von etwa 7½ cm Ø ausstechen und in kleine Torteletttförmchen drücken.

4 Die zurückbehaltene Butter und den Zucker in einer Schüssel schaumig verquirlen.

5 Das Ei unterrühren, dann die Mandeln und das beiseite gestellte Mehl zugeben.

6 Diese Mischung auf die Tortelettförmchen verteilen.

7 Im vorgeheizten Backofen bei 200 °C 15 Minuten goldbraun backen. Dann aus den Förmchen nehmen und abkühlen lassen.

8 Puderzucker und Wasser mischen, die Törtchen damit beträufeln.

3

5

6

Birnennester

Für 6 Personen

250 g Blätterteig

25 g brauner Zucker

25 g Butter

1 EL kandierter Ingwer, fein gehackt

3 Birnen, halbiert und entkernt

Butter, zerlassen, zum Bestreichen

Schlagsahne, zum Servieren

TIPP

Reichen Sie einige Kugeln Vanilleeis als eine besonders köstliche Beilage.

1 Den Teig auf einer leicht bemehlten Arbeitsfläche ausrollen und 6 runde Schreiben von 10 cm Ø daraus ausschneiden.

2 Die Scheiben auf einem Backblech 30 Minuten kalt stellen.

3 Zucker und Butter in einer Schüssel schaumig verquirlen. Dann den Ingwer unterrühren.

2

4 Die Teigscheiben mit einer Gabel einstechen und mit der Ingwermischung bestreichen.

5 Die Birnenhälften längs einschneiden, sodass sie an der Spitze noch zusammenhängen. Dann ein wenig auffächern.

6 Jedes Teigstück mit 1 aufgefächerten Birnenhälfte belegen. Die Teigränder hochstülpen und die Birnen mit Butter bestreichen.

7 Die Birnennester bei 200 °C im vorgeheizten Backofen 15–20 Minuten goldbraun backen. Warm mit etwas Sahne servieren.

5

6

Crème-Brûlée-Törtchen

Für 6 Personen

TEIG
150 g Mehl
25 g Zucker
125 g Butter, in kleinen Stücken
1 EL Wasser
FÜLLUNG
4 Eigelb
50 g Zucker
400 g Schlagsahne
5 Tropfen Vanillearoma
Farin-Zucker, zum Bestreuen

1 Für den Teig Mehl und Zucker in einer Schüssel mischen. Die Butter mit den Fingern darin verreiben. Wasser zufügen und zu einem weichen Teig verarbeiten. In Frischhaltefolie wickeln und 30 Minuten kalt stellen.

2 Den Teig ausrollen und in sechs Tortelettförmchen (10 cm Ø) einpassen. Mit einer Gabel einstechen und weitere 20 Minuten kalt stellen.

3 Den Teig mit Backpapier und Backbohnen bedecken und im vorgeheizten Backofen bei 190 °C

15 Minuten blind backen. Dann Papier und Bohnen entfernen und den Teig weitere 10 Minuten backen.

4 Eigelb und Zucker verquirlen. Sahne und Vanille erhitzen und unter ständigem Rühren zugießen.

5 In einem Topf unter Rühren erwärmen, bis die Creme eindickt. Nicht aufkochen, da sie sonst gerinnt.

6 Die Creme etwas abkühlen lassen, auf die Tortelettförmchen verteilen, ganz abkühlen lassen und über Nacht kalt stellen.

7 Mit Farin-Zucker bestreuen, einige Minuten unter einem sehr heißen Grill bräunen und vor dem Servieren 2 Stunden kalt stellen.

Pavlova

Für 6 Personen

3 Eiweiß

1 Prise Salz

175 g Zucker

300 g Sahne, leicht geschlagen

frische Früchte nach Wahl
(z. B. Himbeeren, Erdbeeren, Pfirsiche, Maracujas und Physalis)

1 Ein Backblech mit Backpapier auslegen. Dann das Eiweiß salzen und steif schlagen.

2 Nach und nach den Zucker unterrühren, wobei sich jede Portion ganz auflösen soll.

3 Drei Viertel des Eischnees als runde Scheibe von etwa 20 cm Ø auf das Backblech streichen.

4 Den restlichen Eischnee löffelweise auf den Rand der Scheibe geben, sodass ein Nest entsteht.

5 Das Eischnee-Nest im vorgeheizten Backofen 75 Minuten bei 140 °C backen.

6 Abschalten, aber die Pavlova nicht herausnehmen, sondern im Backofen ganz abkühlen lassen.

7 Die Pavlova auf eine Kuchenplatte geben. Mit der geschlagenen Sahne bestreichen und mit der Früchtemischung belegen.

Mandel-Käseküchlein

Für 4 Personen

12 Amaretti

1 Eiweiß, leicht verquirlt

225 g Frischkäse

1/2 TL Mandelaroma

1/2 TL Limettenschale, fein gerieben

25 g gemahlene Mandeln

25 g Zucker

60 g Sultaninen

2 TL Gelatinepulver

2 EL kochendes Wasser

2 EL Limettensaft

GARNIERUNG

25 g Mandelblättchen, geröstet

Limettenzesten

3

5

1 Die Amaretti in einem verschlossenen Gefrierbeutel mit einer Teigrolle gut zerbröseln.

2 Die Brösel in einer Schüssel mit dem Eiweiß vermengen.

3 Auf ein mit Backpapier ausgelegtes Backblech 4 beschichtete 9-cm-Kuchenringe setzen. Die Keksmischung in die Ringe füllen und andrücken. Im vorgeheizten Backofen bei 180 °C 10 Minuten knusprig backen, dann abkühlen lassen.

4 Frischkäse, Mandelaroma, Limettenschale, Mandeln, Zucker und Sultaninen gründlich mischen.

5 Die Gelatine mit dem Wasser vermengen und den Limettensaft einrühren. Unter die Frischkäsemischung ziehen und auf die Keksböden verteilen. Glatt streichen und 1 Stunde im Kühlschrank fest werden lassen.

6 Die Käseküchlein aus den Ringen lösen und auf Teller setzen. Mit Mandelblättchen und Limettenzesten garnieren und servieren.

Gebackene Bananen

Für 4 Personen

4 Bananen

2 Passionsfrüchte

4 EL Orangensaft

4 EL Orangenlikör

ORANGENSAHNE

150 g Schlagsahne

3 EL Puderzucker

2 EL Orangenlikör

VARIATION

Für ein schnelles Dessert die Bananen nicht schälen, nur die Schalen aufschlitzen, jeweils 1 oder 2 Stücke Schokolade in die Öffnungen stecken, die Früchte in Alufolie wickeln, 10 Minuten grillen und sofort servieren.

1 Für die Orangensahne die Sahne mit dem Puderzucker mischen, in eine Schüssel geben und steif schlagen. Den Orangenlikör behutsam unterheben und bis zum Verzehr in den Kühlschrank stellen.

2 Bananen schälen und jede separat auf ein Stück Alufolie legen.

3 Die Passionsfrüchte halbieren und jeweils das Mark von $^1/_2$ Frucht über 1 Banane ausdrücken. Dann mit Orangensaft und Likör beträufeln.

4 Die Bananen mit den Folienstücken vollständig umwickeln.

5 Diese Päckchen etwa 10 Minuten unter einem Grill weich garen.

6 Die Bananenpäckchen auf vorgewärmte Teller verteilen, öffnen und mit der gekühlten Orangensahne servieren.

Bratäpfel mit Brombeeren

Für 4 Personen

4 Kochäpfel

1 EL Zitronensaft

100 g küchenfertige Brombeeren

15 g Mandelblättchen

½ TL gemahlener Piment

½ TL geriebene Zitronenschale

2 EL Farin-Zucker

300 ml süßer Portwein

1 Zimtstange, in Stücken

2 TL Speisestärke, mit 2 EL kaltem Wasser angerührt

Vanillesauce, zum Servieren

1 Die Äpfel waschen und abtrocknen. In der Mitte die Schale rundum einschneiden. So garen die Äpfel besser.

2 Die Kerngehäuse ausstechen und das Innere der Äpfel mit Zitronensaft bestreichen, um Verfärbung zu verhindern. Die Äpfel in eine flache, feuerfeste Form stellen.

3 In einer Schüssel Brombeeren, Mandelblättchen, Piment, Zitronenschale und Zucker vermengen und in die ausgehöhlten Äpfel füllen.

4 Den Portwein in die Form gießen, den Zimt zufügen und die Äpfel bei 200 °C im vorgeheizten Backofen 35–40 Minuten backen.

5 Den Saft in einen Topf abgießen und die Äpfel warm halten.

6 Die Zimtstange entfernen und die angerührte Speisestärke zugießen. Unter Rühren aufkochen, bis die Sauce eindickt.

7 Die Portweinsauce über die Bratäpfel gießen und mit der erhitzten Vanillesauce servieren.

1

2

3

Gebackene Birnen mit Zimt

Für 4 Personen

4 reife Birnen
2 EL Zitronensaft
4 EL brauner Zucker
1 TL gemahlener Zimt
60 g Halbfettmargarine
Vanillesauce
Zitronenzesten, zum Garnieren

1 Die Birnen schälen, der Länge nach halbieren und entkernen. Mit Zitronensaft bepinseln, damit sie nicht braun werden. Mit der gewölbten Seite nach oben in einen beschichteten Bräter legen.

2 Zucker, Zimt und Margarine in einem kleinen Topf bei geringer Hitze unter Rühren erwärmen, bis der Zucker schmilzt. Nicht zu stark erhitzen, sonst verliert die Margarine zu viel Wasser. Danach die Mischung über die Birnen träufeln.

3 Die Birnen bei 200 °C im vorgeheizten Backofen 20–25 Minuten weich und goldbraun backen. Dabei von Zeit zu Zeit mit der Zuckerlösung begießen.

4 Die Vanillesauce erhitzen und auf 4 Dessertteller verteilen.

5 Auf jedem Teller 2 Birnenhälften anrichten, mit Zitronenzesten garnieren und servieren.

Italienischer Brotauflauf

Für 4 Personen

1 EL Butter

2 kleine Äpfel, geschält, entkernt und in Ringe geschnitten

75 g Zucker

2 EL Weißwein

100 g Brot, in Scheiben geschnitten und ohne Rinde

300 ml Halbrahm (siehe Tipp)

2 Eier, verquirlt

Zesten von 1 Orange

VARIATION

Dem Auflauf einige, eventuell zerkleinerte Trockenfrüchte, etwa Aprikosen, zugeben.

1 Eine Auflaufform leicht mit der Butter einfetten.

2 Die Apfelringe auf dem Boden der Form verteilen und mit der Hälfte des Zuckers bestreuen.

3 Den Wein über die Äpfel gießen. Die Brotscheiben darauf legen und mit den Händen leicht andrücken.

4 Rahm, Eier, den restlichen Zucker und die Orangenschale vermengen, über die Brotscheiben gießen und 30 Sekunden einziehen lassen.

5 Auflauf 25 Minuten bei 180 °C im vorgeheizten Backofen goldbraun und fest backen. Etwas auskühlen lassen, aber noch warm servieren.

TIPP

Halbrahm ist bei uns nur selten erhältlich. Es handelt sich um Sahne mit 25 % Fettgehalt, die nicht kochfest ist, aber als Bindemittel verwendet werden kann. Als Ersatz kann man Sahne und Milch im Verhältnis 3:1 mischen.

Toskanischer Pudding

Für 4 Personen

1 EL Butter

80 g gemischte Trockenfrüchte

250 g Ricotta

3 Eigelb

50 g Zucker

1 TL Zimt

geriebene Schale von 1 Orange

Orangenzesten, zum Garnieren

Crème fraîche, zum Servieren

TIPP

Crème fraîche hat einen säuerlichen, nussigen Geschmack und ist dickflüssig, besitzt aber den gleichen Fettgehalt wie Schlagsahne (mindestens 30 %). Da sie beim Erhitzen nicht ausflockt, kann sie gut zum Kochen verwendet werden.

1

1 Mit der Butter 4 kleine Back- oder Auflaufformen einfetten.

2 Die Trockenfrüchte in eine Schüssel geben, mit warmem Wasser bedecken und 10 Minuten einweichen.

3 Ricotta und Eigelb in einer Schüssel vermengen. Zucker, Zimt und Orangenschale gut unterrühren.

4 Die Trockenfrüchte in einem über eine Schüssel gehaltenen Sieb abtropfen lassen, zu der Mischung geben und unterrühren.

3

4

5 Die Ricotta-Mischung auf die Back- oder Auflaufformen verteilen.

6 Die gefüllten Förmchen 15 Minuten bei 180 °C im vorgeheizten Backofen backen. Der Pudding sollte oben fest, aber nicht gebräunt sein.

7 Mit Orangenzesten garnieren und warm oder gekühlt mit etwas Crème fraîche servieren.

Zitronen-Mascarpone-Kuchen

Für 8 Personen

50 g Butter

150 g Ingwerkekse, ersatzweise einfache Butterkekse, zerstoßen

25 g kandierter Ingwer, gehackt

500 g Mascarpone

geriebene Schale und Saft von 2 Zitronen

100 g Zucker

2 Eier, getrennt

Fruchtcoulis (s. Tipp), zum Servieren

TIPP

Für die Fruchtcoulis 400 g frische Früchte 5 Minuten mit 2 Esslöffeln Wasser kochen. Dann durch ein Sieb streichen und mit 1 Esslöffel gesiebtem Puderzucker verrühren.

1

1 Eine Springform (26 cm Ø) leicht einfetten.

2 Die Butter in einer Pfanne zerlassen, Kekse und Ingwer unterrühren. Die Mischung auf dem Boden der vorbereiteten Backform verteilen und am Rand 1 cm hochziehen.

3 Mascarpone, Zitronenschale und -saft sowie Zucker und Eigelb zu einer cremigen Masse verrühren.

4 Das Eiweiß steif schlagen und unter die Creme heben.

2

2

5 Die Käsecreme über die Keksmasse in der Backform geben und im vorgeheizten Backofen bei 180 °C 35–45 Minuten backen, bis die Creme fest ist. Es kann vorkommen, dass die Creme beim Backen Risse bildet und etwas zusammenfällt.

6 In der Form auskühlen lassen und mit Fruchtcoulis servieren.

Honig-Pistazien-Nester

Für 4 Personen

Salz
250 g Engelshaarnudeln
(siehe Tipp)
125 g Butter
200 g geschälte Pistazien, gehackt
125 g Zucker
125 g Honig
200 ml Wasser
2 TL Zitronensaft
griechischer Joghurt, zum Servieren

TIPP

Engelshaarnudeln sind in Italien auch als capelli d'angelo bekannt. Die langen, dünnen Nudeln werden getrocknet in Form von Nestern verkauft.

1 Salzwasser in einem großen Topf aufkochen. Die Nudeln darin bissfest kochen. Abgießen und wieder in den Topf geben. Mit der Butter vermengen. Abkühlen lassen.

2 Auf ein Backblech 4 kleine Flan-Ringe setzen. Die Nudeln in 8 Portionen aufteilen und 4 davon in die Ringe geben und leicht andrücken. Mit der Hälfte der Pistazien bestreuen, dann mit den restlichen Nudeln bedecken.

3 Im vorgeheizten Backofen bei 180 °C 45 Minuten goldbraun backen.

4 In der Zwischenzeit Zucker, Honig und Wasser in einem Topf bei schwacher Hitze aufkochen, dabei unablässig rühren, bis der Zucker vollständig aufgelöst ist. 10 Minuten köcheln lassen, den Zitronensaft zugießen und weitere 5 Minuten köcheln.

5 Die Nudelnester vorsichtig mit einem Palettenmesser auf einen Servierteller setzen. Mit dem Honigsirup übergießen, mit den restlichen Pistazien bestreuen und abkühlen lassen. Mit Joghurt servieren.

Bananentaschen

Für 4 Personen

TEIG

450 g Mehl

60 g Schweineschmalz

60 g Butter

125 ml Wasser

1 Eigelb, verquirlt

FÜLLUNG

2 große Bananen

80 g getrocknete Aprikosen, fein gehackt

1 Prise Muskatnuss

1 Spritzer Orangensaft

Puderzucker, zum Bestäuben

Sahne oder Eiscreme, zum Servieren

1 Für den Teig das Mehl in eine Rührschüssel sieben. Butter und Schweineschmalz zugeben und mit den Fingern einarbeiten, bis ein krümeliger Teig entsteht. Nach und nach das Wasser zugießen und zu einem weichen Teig verkneten. 30 Minuten in den Kühlschrank stellen.

2 In einer Schüssel die Bananen mit einer Gabel zerdrücken und Aprikosen, Muskatnuss und Orangensaft unterrühren.

3 Den Teig auf einer bemehlten Fläche ausrollen und 16 runde Scheiben von 10 cm Ø ausstechen.

4 Jeweils etwas Füllung auf die Hälfte jeder Platte geben und dann zusammenfalten. Die Ränder andrücken und mit den Zinken einer Gabel fest zusammenpressen.

5 Die Teigtaschen auf ein gefettetes Backblech legen und mit Eigelb bestreichen. Den Backofen auf 180 °C vorheizen. Die Oberseite der Taschen einschlitzen. Dann etwa 25 Minuten goldbraun backen.

4

5

6 Mit Puderzucker bestäuben und mit Sahne oder Eis servieren.

Chinesische Eiercremetörtchen

Ergibt 15 Stück

TEIG

175 g Mehl

3 EL Zucker

60 g Butter

25 g Schweineschmalz

2 EL Wasser

EIERCREME

2 Eier

60 g Zucker

175 ml Milch

½ TL gemahlene Muskatnuss

Muskatnuss, zum Garnieren

Schlagsahne, zum Servieren

1 Für den Teig das Mehl in eine Schüssel sieben und den Zucker zugeben. Butter und Schmalz einarbeiten, bis ein krümeliger Teig entsteht. Das Wasser zugeben und zu einem festen Teig verarbeiten.

2 Den Teig auf einer bemehlten Arbeitsplatte 5 Minuten kneten, bis er geschmeidig ist. Im Kühlschrank ruhen lassen.

3 Inzwischen für die Creme die Eier mit dem Zucker verquirlen. Nach und nach Milch und Muskatnuss zufügen und gut verrühren.

4 Den Teig in 15 gleich große Portionen teilen und diese rund ausrollen. Kleine Förmchen mit den Teigplatten auslegen.

5 Den Backofen auf 150 °C vorheizen. Die Eiercreme mit einem Löffel in die Teigförmchen füllen. Im Backofen ca. 25–30 Minuten backen.

6 Die Eiercremetörtchen auf einem Kuchengitter etwas auskühlen lassen. Dann mit Muskatnuss bestäuben und mit geschlagener Sahne warm oder kalt servieren.

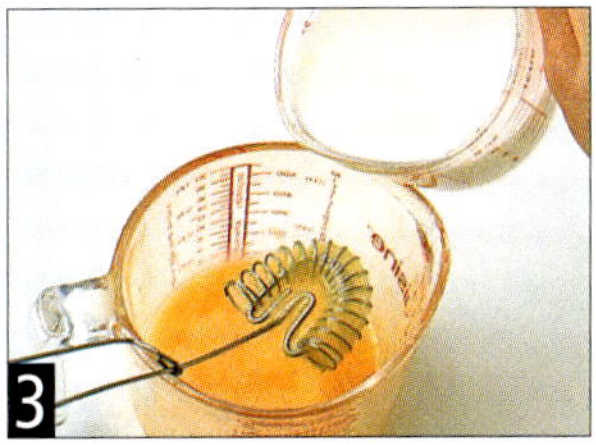
3

4

6

Kuchen & Brot

Mit den folgenden Rezepten können Sie selbst so traditionellen Einrichtungen wie dem Nachmittagskaffee oder -tee noch ganz neue Seiten abgewinnen – im Handumdrehen machen Sie beliebte Teegebäck-Klassiker durch Schokolade, Früchte, Nüsse und andere Leckereien noch unwiderstehlicher. Dieses Kapitel bietet Ihnen eine umfangreiche Auswahl verschiedener Kuchen- und Brotsorten – je nachdem, wie viel Zeit und Aufwand Sie investieren möchten. Denn Kleingebäck wie Preiselbeer-Muffins, Mandelschnitten und Apfelbrötchen lässt sich schneller und leichter zubereiten als große Kuchen und ist bei kleinen und großen Naschern gleichermaßen beliebt.

Korinthenbrot mit Zimt

Ergibt 1 Laib

350 g Mehl
1 Prise Salz
1 EL Backpulver
1 EL gemahlener Zimt
150 g Butter, in kleinen Stücken
125 g brauner Zucker
175 g Korinthen
geriebene Schale von 1 Orange
5–6 EL Orangensaft
6 EL Milch
2 Eier, leicht verquirlt

1 Eine 20–25 cm große Kastenform einfetten und den Boden mit Backpapier auslegen.

2 Mehl, Salz, Backpulver und Zimt in eine große Schüssel sieben. Die Butter mit den Fingern darin so lange verreiben, bis ein krümeliger Teig entsteht.

3 Zucker, Korinthen und Orangenschalen einrühren. Orangensaft, Milch und Eier mischen, zu den trockenen Zutaten geben und gründlich vermengen.

4 Den Teig in die vorbereitete Form füllen und eine kleine Mulde in die Mitte drücken, damit er gleichmäßig aufgehen kann.

5 Den Laib bei 180 °C im vorgeheizten Backofen 60–70 Minuten backen, bis ein in die Mitte gestochener Metallspieß teigfrei bleibt.

6 Das fertige Brot kurz abkühlen lassen. Dann aus der Form nehmen und auf einem Rost vollständig auskühlen lassen.

TIPP

Der Teig muss nach der Zugabe der flüssigen Zutaten rasch verarbeitet werden, da das Backpulver sofort zu reagieren beginnt.

Bananen-Orangen-Preiselbeerbrot

Ergibt 1 Laib

175 g Mehl

2 gehäufte TL Backpulver

150 g brauner Zucker

2 Bananen, zerdrückt

50 g Zitronat und Orangeat

25 g gemischte Nüsse, gehackt

50 g getrocknete Preiselbeeren

5–6 EL Orangensaft

2 Eier, verquirlt

150 ml Sonnenblumenöl

75 g Puderzucker, gesiebt

geriebene Schale von 1 Orange

TIPP

Dieses Brot ist einige Tage haltbar, wenn es eingewickelt kühl und trocken gelagert wird.

1 Eine 20–25 cm große Kastenform einfetten und den Boden mit Backpapier auslegen.

2 Mehl und Backpulver in eine Schüssel sieben. Dann Zucker, Bananen, Zitronat, Orangeat, Nüsse und Preiselbeeren einrühren.

3 Orangensaft, Eier und Öl verrühren. Zu den trockenen Zutaten geben und gut vermengen, bis ein glatter Teig entsteht. Den fertigen Teig in die vorbereitete Form geben.

4 Den Laib bei 180 °C im vorgeheizten Backofen etwa 1 Stunde backen, bis er fest geworden ist und ein in die Mitte gestochener Metallspieß teigfrei bleibt.

5 Das fertige Brot aus dem Ofen nehmen und auf einem Rost abkühlen lassen.

6 Den Puderzucker mit etwas Wasser mischen. Das Brot damit bestreichen und die Orangenschale darüber streuen. Die Glasur vor dem Servieren durchhärten lassen.

2

3

3

Bananen-Dattel-Brot

Ergibt 1 Laib

225 g Mehl

$2^{1}/_{4}$ TL Backpulver

100 g Butter, in kleinen Stücken

75 g Zucker

125 g Datteln, entsteint und gehackt

2 Bananen, grob zerdrückt

2 Eier, leicht verquirlt

2 EL Honig

TIPP

Das Brot ist einige Tage haltbar, wenn es gut eingewickelt, kühl und trocken gelagert wird.

VARIATION

Man kann die Datteln auch durch andere getrocknete Früchte, wie Pflaumen oder Aprikosen, ersetzen.

1 Eine 20–25 cm große Kastenform einfetten und den Boden mit Backpapier auslegen.

2 Das Mehl in eine große Schüssel sieben. Manuell mit der Butter zu einem krümeligen Teig verarbeiten.

3 Zucker, Datteln, Bananen, Eier und Honig darunter mengen und zu einem glatten Teig verarbeiten, der leicht vom Löffel tropft.

4 Den fertigen Teig in die vorbereitete Kastenform geben und mit einem Messer glatt streichen.

5 Den Laib bei 160 °C im vorgeheizten Backofen etwa 1 Stunde backen, bis er goldbraun ist und ein in die Mitte gestochener Metallspieß teigfrei bleibt.

6 Das fertige Brot in der Form auskühlen lassen. Dann auf ein Rost legen.

7 Warm oder kalt in dicke Scheiben geschnitten servieren.

Früchtebrot mit Erdbeer-Apfel-Mus

Ergibt 1 Laib

175 g Haferflocken
100 g brauner Zucker
1 TL gemahlener Zimt
125 g Sultaninen
175 g Rosinen
2 EL Malzextrakt
300 ml ungesüßter Apfelsaft
175 g Vollkornmehl
1½ TL Backpulver

FRUCHTKOMPOTT

250 g Erdbeeren, gewaschen und geputzt
2 Dessertäpfel, geschält, entkernt, gehackt und mit 1 TL Zitronensaft beträufelt
300 ml ungesüßter Apfelsaft

DEKORATION

Erdbeeren
Apfelspalten

1 Eine 20–25cm große Kastenform einfetten oder mit Backpapier auslegen. Haferflocken, Zucker, Zimt, Sultaninen, Rosinen und Malzextrakt in eine Schüssel geben. Den Apfelsaft zugießen, umrühren und 30 Minuten quellen lassen.

2 Mehl und Backpulver in die Mischung sieben, Kleierückstände aus dem Sieb unterrühren.

3 Den Teig in die Form geben und bei 180 °C im vorgeheizten Backofen 1½ Stunden backen.

4 Anschließend 10 Minuten abkühlen lassen, auf ein Gitter stürzen und auskühlen lassen.

5 Für das Mus Erdbeeren und Äpfel in einen Topf geben und den Apfelsaft zugießen. Aufkochen, dann abgedeckt 30 Minuten leicht kochen.

Das Mus kräftig durchrühren und in ein vorgewärmtes Einmachglas füllen. Abkühlen lassen, beschriften und verschließen.

6 Das Früchtebrot mit 2 Esslöffeln Mus servieren, mit Apfelspalten und Erdbeeren garnieren.

1

5

Preiselbeer-Muffins

Ergibt 18 Stück

225 g Mehl

2 TL Backpulver

1 Prise Salz

50 g Zucker

50 g Butter, zerlassen

2 Eier, verquirlt

200 ml Milch

100 g frische Preiselbeeren

2 TL frisch geriebener Parmesan

1 Zwei Muffinbleche leicht einfetten. Mehl, Backpulver und Salz in ine Schüssel sieben und mit dem ucker vermengen.

2 Butter, Eier und Milch in einer zweiten Schüssel verquirlen, dann u den trockenen Zutaten geben. Vorichtig, aber gründlich vermengen, ann die Preiselbeeren unterheben.

3 Den Teig in die vorbereiteten Formen füllen.

4 Jede Teigportion mit geriebenem Parmesan bestreuen.

5 Bei 200 °C im vorgeheizten Backofen 20 Minuten goldbraun backen.

6 Die fertigen Muffins in der Form etwas abkühlen lassen, dann auf ein Rost legen und vor dem Servieren ganz auskühlen lassen.

Dattel-Honig-Brot

Ergibt 1 Laib

250 g Mehl Type 550

75 g Mehl Type 1050

1 Päckchen Trockenhefe

½ TL Salz

200 ml lauwarmes Wasser

3 EL Sonnenblumenöl

3 EL Honig

75 g Datteln, gehackt

2 EL Sesamsamen

TIPP

Zum Aufgehen können Sie den Teig auch zugedeckt über warmes Wasser stellen.

1 Eine 20–25 cm große Kastenform einfetten.

2 Das gesamte Mehl in eine Schüssel sieben und mit Trockenhefe und Salz vermengen. Wasser, Öl und Honig zugießen und zu einem festen Teig verarbeiten.

3 Den Teig auf einer leicht bemehlten Arbeitsfläche etwa 5 Minuten glatt kneten.

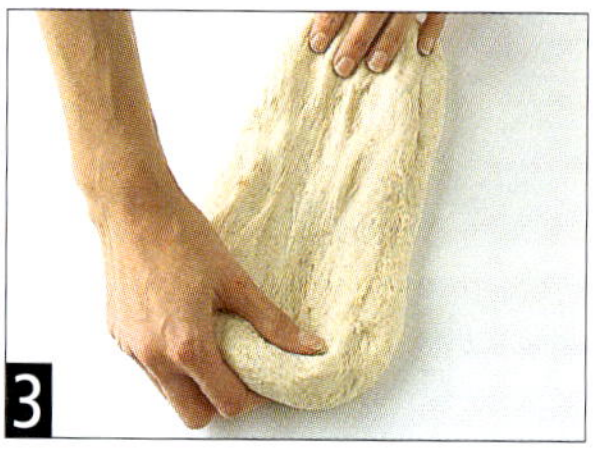
3

4 In einer eingefetteten Schüssel abgedeckt an einem warmen Ort etwa 1 Stunde gehen lassen, bis sich das Volumen verdoppelt hat.

5 Datteln und Sesam in den Teig kneten und diesen in die vorbereitete Form geben.

5

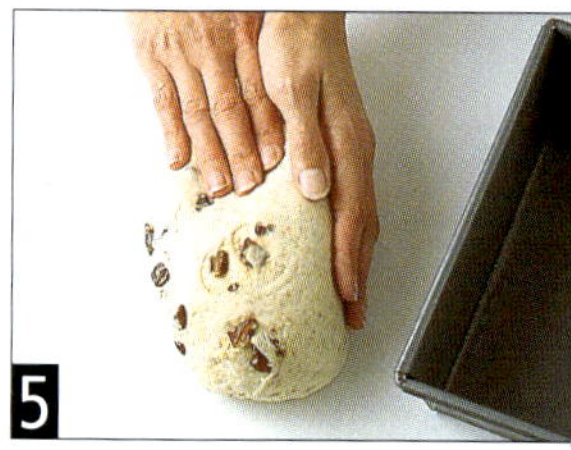
5

6 Abdecken und an einem warmen Ort 30 Minuten gehen lassen.

7 Den Laib bei 220 °C im vorgeheizten Backofen 30 Minuten backen, bis er hohl klingt, wenn man dagegen klopft.

8 Das fertige Brot auf einem Rost abkühlen lassen und in dicke Scheiben geschnitten servieren.

Mangozopf

Ergibt 1 Zopf

450 g Mehl
1 TL Salz
1 Päckchen Trockenhefe
1 TL gemahlener Ingwer
50 g brauner Zucker
40 g Butter, in kleinen Stücken
1 kleine Mango, geschält, entsteint und püriert
250 ml lauwarmes Wasser
2 EL klarer Honig
125 g Sultaninen
1 Ei, verquirlt
Puderzucker, zum Bestäuben

1 Ein Backblech einfetten. Mehl und Salz in eine große Schüssel sieben. Trockenhefe, Ingwer und Zucker untermischen und die Butter mit den Fingern darin verreiben.

2 Mangopüree, Wasser und Honig zugeben und zu einem festen Teig verarbeiten.

3 Von Hand auf einer leicht bemehlten Arbeitsfläche oder mit den Knethaken eines elektrischen Rührgeräts etwa 5 Minuten glatt kneten. Dann in eine eingefettete Schüssel geben, abdecken und an einem warmen Ort etwa 1 Stunde gehen lassen, bis sich sein Volumen verdoppelt hat.

4 Die Sultaninen in den Teig kneten. Diesen zu 2 etwa 25 cm langen Strängen formen. Vorsichtig umeinander drehen und die Enden festdrücken. Den so entstandenen Zopf auf das vorbereite Backblech legen, abdecken und weitere 40 Minuten gehen lassen.

5 Den Zopf mit dem Ei bestreichen und bei 220 °C im vorgeheizten Backofen 30 Minuten goldbraun backen. Abkühlen lassen und vor dem Servieren mit Puderzucker bestäuben.

TIPP

Wenn das Brot durchgebacken ist, klingt es hohl, wenn man von unten dagegen klopft.

Zitrusbrot

Ergibt 1 Laib

450 g Mehl
½ TL Salz
50 g Zucker
1 Päckchen Trockenhefe
50 g Butter, in kleinen Stücken
5–6 EL Orangensaft
4 EL Zitronensaft
3–4 EL Limettensaft
150 ml lauwarmes Wasser
1 Orange
1 Zitrone
1 Limette
1 EL klarer Honig

1 Ein Backblech leicht einfetten. Mehl und Salz in eine Schüssel ieben.

2 Gründlich mit Zucker und Trockenhefe vermengen.

3 Die Butter mit den Fingern in der Mehlmischung verreiben. Fruchtäfte und Wasser zugießen und zu nem festen Teig verarbeiten.

4 Den Teig auf einer leicht bemehlten Arbeitsfläche etwa 5 Minuten glatt kneten. In eine eingefettete Schüssel geben, abdecken und an einem warmen Ort etwa 1 Stunde gehen lassen.

5 Die Schalen der Zitrusfrüchte reiben und in den Teig kneten.

6 Den Teig zu 2 unterschiedlich großen flachen Kugeln formen.

7 Die größere Kugel auf das Backblech geben, die kleinere auf die größere setzen.

8 Mit einem bemehlten Finger in die Mitte der oberen Teigkugel ein Loch drücken. Den Teig abdecken und weitere 40 Minuten gehen lassen.

9 Den aufgegangenen Teig bei 220 °C im vorgeheizten Backofen 35 Minuten backen. Anschließend mit Honig bestreichen.

5

6

8

Schneckenkranz

Ergibt 1 Kranz

245 g Mehl

½ TL Salz

1 Päckchen Trockenhefe

25 g Butter, in kleinen Stücken

125 ml lauwarme Milch

1 Ei, verquirlt

FÜLLUNG

50 g weiche Butter

50 g brauner Zucker

25 g Haselnüsse, gehackt

25 g kandierter Ingwer, gehackt

50 g Zitronat und Orangeat

1 EL Rum oder Weinbrand

GLASUR

100 g Puderzucker

2 EL Zitronensaft

1 Ein Backblech einfetten. Mehl, Salz und Hefe in einer Schüssel mischen, Butter einkneten, Milch und Ei zugeben und zu einem festen Teig verarbeiten.

2 Den Teig in einer eingefetteten Schüssel abgedeckt etwa 40 Minuten gehen lassen. Noch einmal kurz durchkneten und zu einem 30 cm x 24 cm großen Rechteck ausrollen.

2

3 Für die Füllung Butter und Zucker schaumig schlagen. Haselnüsse, Ingwer, Zitronat, Orangeat und Rum zugeben. Den Teig mit dieser Mischung belegen; dabei einen Rand von 2½ cm freilassen.

3

4 Den Teig von einer langen Seite her aufrollen und in je 5 cm dick Scheiben schneiden. Diese in Kranzfor so auf das Backblech legen, dass sie sich gerade berühren. Abdecken und noch einmal 30 Minuten gehen lasser

4

5 Den Kranz bei 190 °C im vorgeheizten Backofen 20–30 Minute goldbraun backen.

6 Puderzucker und Zitronensaft mischen. Den fertigen Kranz etwas abkühlen lassen und mit der Glasur beträufeln.

Schokoladenbrot

Ergibt 1 Laib

450 g Mehl
25 g Kakaopulver
1 TL Salz
1 Päckchen Trockenhefe
25 g brauner Zucker
1 EL Öl
300 ml lauwarmes Wasser

3

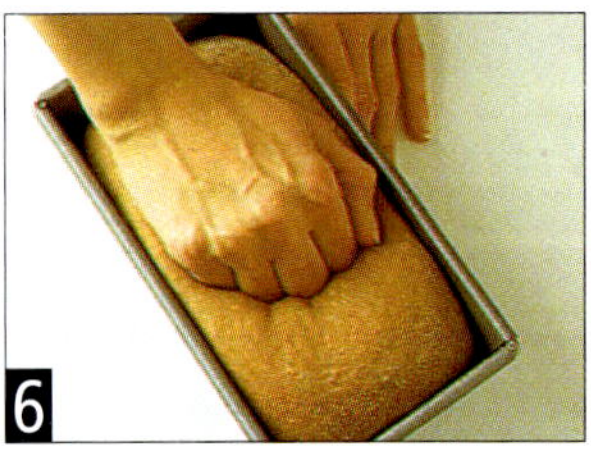

6

1 Eine 20–25 cm große Kastenform leicht einfetten.

2 Mehl und Kakaopulver in eine große Schüssel sieben. Salz, Trockenhefe und Zucker unterrühren.

3 Öl und Wasser zugeben und zu einem festen Teig verarbeiten.

4 Den Teig auf einer leicht bemehlten Arbeitsfläche etwa 5 Minuten glatt kneten.

5 In eine eingefettete Schüssel geben, abdecken und an einem warmen Ort etwa 1 Stunde gehen lassen, bis sich das Volumen verdoppelt hat.

6 Den aufgegangenen Teig noch einmal kurz durchkneten, in die vorbereitete Form geben und weitere 30 Minuten an einem warmen Ort gehen lassen.

7 Anschließend bei 200 °C im vorgeheizten Backofen 25–30 Minuten backen. Ist das Brot durchgebacken, klingt es hohl, wenn man auf die Unterseite klopft.

8 Das fertige Brot auf einem Rost abkühlen lassen und in Scheiben geschnitten servieren.

Rosinenschnecken

Ergibt 12 Stück

225 g Mehl

½ TL Salz

1 Päckchen Trockenhefe

25 g Butter, in kleinen Stücken

1 Ei, verquirlt

125 ml lauwarme Milch

2 EL Ahornsirup

FÜLLUNG

50 g weiche Butter

2 TL gemahlener Zimt

50 g brauner Zucker

50 g Korinthen

1 Eine Backform mit einer Seitenlänge von 24 cm einfetten.

2 Mehl und Salz in eine Schüssel sieben. Trockenhefe einrühren. Butter mit den Fingern in der Mischung verreiben, bis ein krümeliger Teig entsteht. Ei und Milch zugeben und zu einem glatten Teig verarbeiten.

3 Den Teig in einer eingefetteten Schüssel abgedeckt an einem warmen Ort etwa 40 Minuten gehen lassen, bis sich sein Volumen verdoppelt hat.

4 Den Teig erneut 1 Minute kneten und zu einem 30 cm x 24 cm großen Rechteck ausrollen.

5 Für die Füllung Butter, Zimt und Zucker schaumig schlagen. Die Mischung auf den Teig streichen, dabei einen Rand von 2½ cm lassen. Anschließend die Korinthen über die Mischung streuen.

6 Den Teig von der langen Seite her aufrollen und vorsichtig zusammendrücken. Die Rolle in 12 Scheiben schneiden. Diese in die Form geben, abdecken und 30 Minuten gehen lassen.

7 Die Schnecken bei 190 °C im vorgeheizten Backofen 20–30 Minuten backen, bis sie gut aufgegangen sind. Mit Sirup bestreichen, etwas abkühlen lassen, aber noch warm servieren.

5

6

6

Knuspriger Früchtekuchen

Für 8 Personen

100 g weiche Butter

100 g Zucker

2 Eier, verquirlt

50 g Mehl, gesiebt

1½ TL Backpulver

100 g Polenta

225 g gemischte Trockenfrüchte

25 g Pinienkerne

geriebene Schale von 1 Zitrone

4 EL Zitronensaft

2 EL Milch

VARIATION

Für einen etwas leichteren Kuchen anstelle der Polenta 150 g Mehl und 1½ Teelöffel Backpulver verwenden.

1 Eine Backform von 18 cm Ø einfetten oder mit Backpapier auslegen.

2 Butter und Zucker in einer Schüssel schaumig schlagen.

3 Nach und nach die Eier zugeben und jeweils gründlich verquirlen.

4 Mehl, Backpulver und Polenta gründlich unterrühren.

5 Trockenfrüchte, Pinienkerne, Zitronenschale, Zitronensaft und Milch einrühren.

6 Den fertigen Teig in die vorbereitete Form füllen und glatt streichen.

7 Den Kuchen bei 180 °C im vorgeheizten Backofen 1 Stunde backen, bis ein in die Mitte gestochener Metallspieß teigfrei bleibt.

8 Den fertigen Kuchen vor dem Servieren in der Form abkühlen lassen.

Klementinenkuchen

Für 8 Personen

2 Klementinen

175 g weiche Butter

175 g Zucker

3 Eier, verquirlt

175 g Mehl

2 TL Backpulver

3 EL gemahlene Mandeln

3 EL Schlagsahne

6 EL Klementinensaft, 2 EL feiner Zucker und 3 Stücke weißer Würfelzucker, zerstoßen, zum Dekorieren

TIPP

Statt von Hand die Klementinenschale zusammen mit dem Zucker in der Küchenmaschine zerkleinern. Die Mischung dann mit der Butter in eine Schüssel geben und gut verquirlen.

1 Eine runde Kuchenform von 18 cm Ø einfetten und mit Backpapier auslegen.

2 Klementinenschale dünn abschälen und fein hacken. Die Schale in eine Schüssel geben und mit Butter und Zucker schaumig schlagen.

3 Nach und nach die Eier zugeben und jeweils gründlich verquirlen.

4 Mehl und Backpulver vorsichtig untermischen, dann Mandeln und Sahne zufügen und den fertigen Teig in die vorbereitete Form geben.

5 Den Teig bei 180 °C im vorgeheizten Backofen 55–60 Minuten backen, bis ein in die Mitte gestochener Metallspieß teigfrei bleibt. Den fertigen Kuchen etwas abkühlen lassen.

6 Für die Glasur Klementinensaft und Zucker in einem kleinen Topf zum Kochen bringen und 5 Minuten köcheln lassen.

7 Die Glasur über den Kuchen träufeln, bis sie aufgesogen ist. Dann mit dem zerstoßenen Würfelzucker bestreuen.

2

4

7

Kümmel-Sandkuchen

Für 8 Personen

220 g weiche Butter
175 g brauner Zucker
3 Eier, verquirlt
350 g Mehl
3½ TL Backpulver
1 EL Kümmel
geriebene Schale von 1 Zitrone
6 EL Milch
etwas Zitronat

1 Eine 20–25 cm große Kastenform einfetten und mit Backpapier auslegen.

2 Die Butter und den Zucker in einer Schüssel schaumig schlagen.

2

4

3 Nach und nach die Eier zugeben und jeweils gründlich verquirlen.

4 Mehl und Backpulver in die Mischung sieben und gut unterrühren.

5 Kümmel, Zitronenschale und Milch zugeben und alle Zutaten gut vermengen.

6 Den fertigen Teig in die vorbereitete Form geben und glatt streichen.

7 Den Kuchen bei 160 °C im vorgeheizten Backofen 20 Minuten backen.

5

TIPP

Zitronat finden Sie in jedem Supermarkt. Sie können auch Zitronat und Orangeat gemischt verwenden.

8 Aus dem Ofen nehmen, mit etwas Zitronat bestreuen und weitere 40 Minuten backen, bis er gut aufgegangen ist und ein in die Mitte gestochener Metallspieß teigfrei bleibt.

9 Den fertigen Kuchen in der Form kurz abkühlen lassen, dann auf ein Rost legen und vor dem Servieren gänzlich auskühlen lassen.

Orangen-Gugelhupf

Für 4 Personen

225 g weiche Butter
225 g Zucker
4 Eier, getrennt
425 g Mehl
3 TL Backpulver
1 Prise Salz
300 ml frisch gepresster Orangensaft
1 EL Orangenblütenwasser
1 TL geriebene Orangenschale

SIRUP
200 ml Orangensaft
200 g Kristallzucker

1 Eine 24–26 cm große Gugelhupfform einfetten.

2 Butter und Zucker in einer Schüssel schaumig schlagen. Nach und nach das Eigelb zugeben und gut mit der Buttermischung verquirlen.

3 Mehl, Backpulver und Salz in eine Schüssel sieben. Nach und nach mit dem Orangensaft zu der Butter-Ei-Masse geben und gut vermengen. Danach das Orangenblütenwasser und die Orangenschale einrühren.

4 Das Eiweiß steif schlagen und unter die Mischung heben.

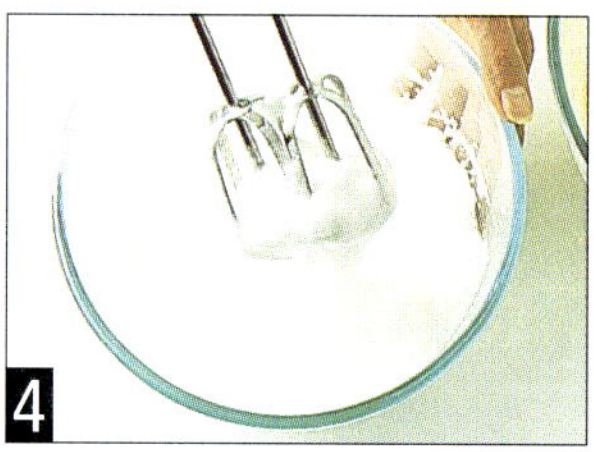

5 Den fertigen Teig in die vorbereitete Form geben und bei 180 °C im vorgeheizten Backofen 50–55 Minuten backen, bis ein in die Mitte gestochener Metallspieß teigfrei bleibt.

6 Orangensaft und Zucker in einem Topf zum Kochen bringen und 5 Minuten köcheln lassen, bis der Zucker aufgelöst ist.

7 Den Kuchen aus dem Ofen nehmen, 10 Minuten in der Form abkühlen lassen, die Oberfläche einstechen und mit der Hälfte des Sirups bestreichen. Dann den Kuchen erneut 10 Minuten abkühlen lassen, auf ein Rost stürzen und mit dem restlichen Sirup bestreichen. Warm oder kalt servieren.

Zitronenkuchen mit Sirup

Für 8 Personen

200 g Mehl

2 TL Backpulver

200 g Zucker

4 Eier

150 g saure Sahne

geriebene Schale von 1 Zitrone

4 EL Zitronensaft

150 ml Sonnenblumenöl

SIRUP

4 EL Puderzucker

3 EL Zitronensaft

1 Eine Springform von 20 cm Ø einfetten.

2 Mehl und Backpulver in eine Schüssel sieben und mit dem Zucker vermengen.

3 In einer zweiten Schüssel Eier, saure Sahne, Zitronenschale, Zitronensaft und Öl verquirlen.

4 Diese Mischung zu den trockenen Zutaten geben und zu einem glatten Teig verarbeiten.

5 Den Teig in die vorbereitete Form geben und bei 180 °C im vorgeheizten Backofen 45–60 Minuten goldbraun backen.

6 Währenddessen für den Sirup Puderzucker und Zitronensaft in einen kleinen Topf geben. Bei geringer Hitze so lange unter Rühren erwärmen, bis die Mischung Bläschen wirft und eindickt.

7 Den Kuchen aus dem Ofen nehmen und mit einem dünnen Spieß einstechen. Dann den Sirup auf dem Kuchen verstreichen. Vor dem Servieren in der Form ganz auskühlen lassen.

TIPP

Man sticht die Kuchenoberfläche ein, damit der Kuchen den Sirup besser aufnimmt.

Apfelkuchen mit Cidre

Für 8 Personen

225 g Mehl

3 TL Backpulver

75 g Butter, in kleinen Stücken

75 g Zucker

50 g getrocknete Apfelscheiben, gehackt

75 g Rosinen

150 ml süßer Cidre

1 Ei, verquirlt

175 g Himbeeren

1 Eine Kuchenform von 20 cm Ø einfetten und mit Backpapier auslegen.

2 Mehl und Backpulver in eine Schüssel sieben. Die Butter mit den Fingern darin verreiben, bis ein krümeliger Teig entsteht.

3 Zucker, Apfel und Rosinen zugeben und gut unterrühren.

4 Cidre und Ei zugießen und zu einem weichen Teig verarbeiten. Die Himbeeren untermischen, möglichst ohne sie zu zerquetschen.

5 Den Teig in die vorbereitete Form geben.

6 Den Kuchen bei 190 °C im vorgeheizten Backofen 40 Minuten leicht goldbraun backen.

7 In der Form etwas abkühlen lassen, dann auf ein Rost legen und vor dem Servieren gänzlich auskühlen lassen.

3

4

4

Festlicher Früchtekuchen

Für 4 Personen

175 g ungesüßte Datteln, entsteint
125 g dickfleischige Trockenpflaumen, entsteint
200 ml ungesüßter Orangensaft
2 EL Sirup
1 TL geriebene Zitronenschale
1 TL geriebene Orangenschale
225 g Vollkornmehl
1 TL Backpulver
1 TL Lebkuchen-Gewürzmischung
125 g Rosinen
125 g Sultaninen
125 g Korinthen
125 g getrocknete Preiselbeeren
3 große Eier, getrennt
Puderzucker, zum Bestäuben

DEKORATION
1 EL Aprikosenmarmelade, erwärmt
175 g Zuckerguss
Orangen- und Zitronenzesten

1 Eine runde Backform (20 cm Ø) einfetten und mit Backpapier auslegen. Datteln und Pflaumen würfeln und in einen Topf mit dem Orangensaft 10 Minuten kochen. Vom Herd nehmen und die Früchte zu Püree verrühren. Sirup, Orangen- und Zitronenschale zugeben, abkühlen lassen.

2 Mehl, Backpulver und Gewürze in eine Schüssel sieben. Trockenfrüchte unterrühren und eine Vertiefung in die Mitte drücken. Die Pflaumen-Dattel-Mischung mit dem Eigelb verrühren. Separat das Eiweiß steif schlagen. Früchtepüree zum Teig geben und unterrühren.

3 Den Eischnee unterheben. Den Teig in die Form geben bei 170 °C im vorgeheizten Backofen 1½ Stunden backen. In der Form auskühlen lassen.

4 Kuchen aus der Form nehmen und mit der Marmelade bestreichen. Zuckerguss darüber pinseln. Fest werden lassen und mit den Zesten garnieren.

Karotten-Ingwer-Kuchen

Für 10 Personen

225 g Mehl

1 TL Backpulver

1 TL Natron

2 TL gemahlener Ingwer

½ TL Salz

175 g hellbrauner Zucker

225 g Karotten, gerieben

2 Stücke kandierter Ingwer, gehackt

25 g frische Ingwerwurzel, gerieben

60 g Rosinen

2 Eier, verquirlt

3 EL Maiskeimöl

Saft von 1 Orange

GLASUR

225 g Frischkäse

4 EL Puderzucker

1 TL Vanillearoma

GARNIERUNG

Karotte, gerieben

kandierter Ingwer

gemahlener Ingwer

1 Eine Kuchenform (20 cm Ø) leicht einfetten und mit Backpapier auslegen.

2 Mehl, Backpulver, Natron, Ingwerpulver und Salz in eine Schüssel sieben. Zucker, Karotten, kandierten und frischen Ingwer und Rosinen unterrühren. Eier, Öl und Orangensaft mischen und zum Teig geben. Alle Zutaten gründlich vermengen.

3 Den Teig in die Form geben und bei 180 °C im vorgeheizten Backofen 60–75 Minuten backen, bis der Kuchen fest ist. In der Form auskühlen lassen

4 Für die Glasur den Frischkäse in einer Schüssel geschmeidig schlagen. Puderzucker hineinsieben und Vanillearoma einrühren.

5 Den Kuchen aus der Form lösen und die Oberseite mit der Glasur bestreichen. Dekorieren und servieren.

2

2

Erdbeerrolle

Für 8 Personen

3 große Eier

125 g Zucker

125 g Mehl

1 EL heißes Wasser

FÜLLUNG

200 g Magerquark oder fettarmer Naturjoghurt

5 Tropfen Bittermandelaroma

225 g kleine Erdbeeren

1 EL Mandelblättchen, geröstet, und 1 TL Puderzucker, zum Dekorieren

1 Ein Backblech (35 cm x 25 cm) mit Backpapier auslegen. Die Eier mit dem Zucker in eine Schüssel geben und im heißem Wasserbad dick und cremig schlagen.

2 Die Schüssel vom Topf nehmen. Das Mehl hineinsieben, heißes Wasser zugeben und unterheben. Den Teig auf das Blech streichen und bei 220 °C im vorgeheizten Backofen 8–10 Minuten backen, bis er fest ist.

3 Den Biskuitboden auf ein großes Stück Backpapier legen und mit dem Backpapier aufrollen. Die Rolle in ein Geschirrtuch hüllen und abkühlen lassen.

4 Für die Füllung Quark und Bittermandelaroma verrühren. Einige Erdbeeren für die Dekoration beiseite legen, die übrigen waschen, entstielen und in Scheiben schneiden. Die Creme in den Kühlschrank stellen.

5 Den Boden entrollen, mit der Quarkcreme bestreichen und mit den Erdbeeren belegen. Vorsichtig (ohne Backpapier) wieder aufrollen. Mit Puderzucker bestäuben und mit den restlichen Erdbeeren dekorieren.

Orangen-Mandel-Kuchen

Für 8 Personen

4 Eier, getrennt
125 g Zucker
geriebene Schale und Saft von
2 Orangen
geriebene Schale und Saft von
1 Zitrone
125 g gemahlene Mandeln
200 g Mehl
2 TL Backpulver
ORANGENCREME
200 g Schlagsahne
1 TL Zimt
2 TL Zucker
2 EL Mandelblättchen, geröstet
Puderzucker, zum Bestäuben

VARIATION

Sirup für den Kuchen: Geriebene Schale von 2 Orangen, 75 g Zucker und 2 Esslöffel Wasser 5 Minuten kochen, bis eine dickflüssige Masse entsteht. Vor dem Servieren 1 Esslöffel Orangenlikör einrühren.

1 Eine Springform von 18 cm Ø einfetten oder mit Backpapier auslegen.

1

2 Eigelb und Zucker schaumig rühren. Dann die Orangenschale und die Hälfte der Zitronenschale unterheben.

2

TIPP

Schüssel, Schneebesen und Sahne vor dem Schlagen gut kühlen. Sahne dickflüssig schlagen, dann langsam bis zur gewünschten Steife schlagen.

3 Orangen- und Zitronensaft sowie die Mandeln unter die Eigelbmasse rühren. Dann Mehl und Backpulver zufügen.

3

4 Eiweiß steif schlagen und vorsichtig unter die Mischung heben.

5 Den Teig in die vorbereitete Backform füllen und 35–40 Minuten bei 180 °C goldbraun backen, bis er s fest ist, dass er leicht nachgibt, wenn man leicht auf ihn drückt. Aus dem Ofen nehmen, 10 Minuten in der Form abkühlen lassen, dann herausnehmen

6 Die Sahne mit Zimt, Zucker und Orangenschale mischen und steif schlagen. Sobald der Kuchen abgeküh ist, mit den gerösteten Mandeln belegen, mit Puderzucker bestäuben und mit der Orangencreme servieren.

Kokosnusskuchen

Für 6–8 Personen

225 g Mehl

2 TL Backpulver

1 Prise Salz

100 g Butter, in kleinen Stücken

100 g Farin-Zucker

100 g Kokosraspel, plus etwas mehr, zum Garnieren

2 Eier, verquirlt

4 EL Milch

1 Eine 20–25 cm große Kastenform einfetten und den Boden mit Backpapier auslegen.

2 Mehl, Backpulver und Salz in eine Schüssel sieben. Die Butter mit den Fingern in der Mehlmischung verreiben, bis ein krümeliger Teig entsteht.

3 Zucker, Kokosraspeln, Eier und so viel Milch unterrühren, bis der Teig vom Löffel tropft.

4 Den fertigen Teig in die vorbereitete Form geben, glatt streichen und bei 160 °C im vorgeheizten Backofen 30 Minuten backen.

5 Den Kuchen herausnehmen, mit Kokosraspel bestreuen und weitere 30 Minuten goldbraun backen, bis ein in die Mitte gestochener Metallspieß teigfrei bleibt.

6 Den fertigen Kuchen zunächst in der Form etwas abkühlen lassen, dann auf ein Rost legen und vor dem Servieren ganz auskühlen lassen.

Mandelschnitten

Ergibt 8 Stück

3 Eier

75 g gemahlene Mandeln

200 g Milchpulver

200 g Zucker

½ TL Safranfäden

100 g Butter

25 g Mandelblättchen

1 Eier in einer Schüssel verquirlen und beiseite stellen.

2 Gemahlene Mandeln, Milchpulver, Zucker und Safran in eine große Rührschüssel geben und gut vermengen.

3 Butter in einem kleinen Topf zerlassen. Über die trockenen Zuta-en geben und verrühren, bis alle Zutaten gut vermischt sind.

4 Die verquirlten Eier in die Mischung geben und gut unterrühren.

5 Teig in eine flache feuerfeste, 15–20 cm große Form geben und m vorgeheizten Backofen bei 160 °C 5 Minuten backen. Mit einem Holzspieß prüfen, ob der Kuchen fertig ist – es darf kein Teig mehr daran kleben.

6 Den Mandelkuchen in Schnitten aufschneiden. Die Mandelschnitten mit Mandelblättchen dekorieren und auf einem Servierteller anrichten. Heiß oder kalt servieren.

TIPP

Mandelschnitten können heiß oder kalt serviert werden. Man kann sie 1 Tag oder sogar 1 Woche im Voraus zubereiten und dann aufwärmen. Sie lassen sich auch einfrieren.

Birnen-Ingwer-Kuchen

Für 6 Personen

200 g weiche Butter
150 g Zucker
200 g Mehl, gesiebt
2 TL Backpulver
3 TL gemahlener Ingwer
3 Eier, verquirlt
500 g Birnen, entkernt und in dünne Scheiben geschnitten
1 EL brauner Zucker
Eiscreme oder Schlagsahne, zum Servieren

TIPP

Normaler Haushaltszucker ist süßer als brauner Rohrzucker. Wenn einmal Zucker in Ihrer Vorratskammer verklumpt sein sollte, werfen Sie ihn nicht fort. Wickeln Sie die Packung in ein sauberes, feuchtes Küchentuch und erhitzen sie bei mittlerer Hitze in der Mikrowelle, bis der Zucker wieder streufähig ist.

1 Eine Springform von 22 cm Ø einfetten oder mit Backpapier auslegen.

2 175 g Butter, Zucker, Mehl, Backpulver, Ingwer und Eier mit dem Handrührgerät zu einem glatten Teig verarbeiten.

2

3 Den Teig in die Backform geben. Die Oberfläche glätten.

3

4 Die Birnen fächerförmig auf dem Teig verteilen. Mit Zucker bestreuen. Die restliche Butter in Flöckchen über den Teig geben.

5 Den Kuchen 35–40 Minuten bei 180 °C im vorgeheizten Backofen goldbraun backen (Druckprobe machen).

4

6 Den Kuchen noch warm servieren und nach Belieben mit einer Kugel Eiscreme oder etwas Sahne dekorieren.

VARIATION

Ersetzen Sie den Ingwer durch 2 Teelöffel Zimt und den braunen Zucker durch Vanillezucker.

Mandel-Kaffee-Streusel

Für 8 Personen

280 g Mehl
1 EL Backpulver
80 g Zucker
150 ml Milch
2 Eier
100 g Butter, zerlassen, abgekühlt
2 EL löslicher Kaffee, mit 1 EL heißem Wasser gemischt
50 g Mandeln, gehackt
Puderzucker, zum Bestäuben

STREUSEL
75 g Mehl
½ TL Backpulver
75 g Farin-Zucker
25 g Butter, in kleinen Stücken
1 TL Lebkuchen-Gewürzmischung
1 EL Wasser

1 Eine Springform (24 cm Ø) einfetten oder mit Backpapier auslegen. Mehl und Backpulver in eine Schüssel sieben und mit Zucker mischen.

2 Milch, Eier, Butter und Kaffee verquirlen und zu dem Mehl geben. Die Mandeln vorsichtig unterrühren. Den fertigen Teig in die vorbereitete Backform füllen.

3 Für die Streusel Mehl, Backpulver und Farin-Zucker mischen.

4 Die Butter mit den Fingern darin verreiben, bis ein krümeliger Teig entsteht. Lebkuchen-Gewürzmischung und Wasser zugeben und zu Streuseln verarbeiten. Die Streusel über den vorbereiteten Teig streuen.

5 Den Kuchen bei 190 °C im vorgeheizten Backofen 50–60 Minuten backen. Wenn die Streusel zu schnell braun werden, die Form mit Alufolie abdecken. Den fertigen Kuchen in der Form etwas abkühlen lassen, dann herausnehmen und kurz vor dem Servieren mit Puderzucker bestreuen.

2

2

4

Ingwerbrot

Ergibt 12 Stück

150 g Butter

175 g brauner Zucker

2 EL Zuckerrübensirup

225 g Mehl

1 TL Backpulver

2 TL Natron

2 TL gemahlener Ingwer

150 ml Milch

1 Ei, verquirlt

2 Äpfel, geschält, entkernt, gehackt und mit 1 EL Zitronensaft beträufelt

VARIATION

Für ein stärkeres Ingweraroma in Schritt 3 zusätzlich 25 g fein gehackten kandierten Ingwer zugeben.

1 Eine Kuchenform von 24 cm Seitenlänge einfetten und mit Backpapier auslegen.

2 Butter, Zucker und Sirup in einem kleinen Topf vorsichtig schmelzen. Anschließend abkühlen lassen.

3 Mehl, Backpulver, Natron und Ingwer in einer Schüssel vermischen.

4 Zuerst Milch, Ei und die Buttermischung, dann die Äpfel zugeben.

5 Alle Zutaten vorsichtig vermengen und den fertigen Teig in die vorbereitete Form geben.

6 Bei 170 °C im vorgeheizten Backofen 30–35 Minuten backen, bis der Kuchen aufgegangen ist und ein in die Mitte gestochener Metallspieß teigfrei bleibt.

7 Den fertigen Kuchen in der Form etwas abkühlen lassen, dann herausnehmen und in 12 Stücke schneiden.

2

4

5

Kirsch-Scones

Ergibt 8 Stück

225 g Mehl
2 TL Backpulver
1 EL Zucker
1 Prise Salz
75 g Butter, in kleinen Stücken
40 g kandierte Kirschen, gehackt
40 g Sultaninen
1 Ei, verquirlt
50 ml Milch

TIPP

Man kann die Kirschbrötchen sehr gut einfrieren – sie halten sich bis zu 1 Monat.

1 Ein Backblech leicht einfetten. Mehl, Backpulver, Zucker und Salz in eine große Schüssel sieben.

2 Mit der Butter zu einem krümeligen Teig verarbeiten.

3 Die Kirschen und die Sultaninen in den Teig einrühren. Anschließend das Ei zugeben und gut unterrühren.

3

4 Für die Glasur 1 Esslöffel Milch zurückbehalten, den Rest zu dem Früchteteig geben und zu einem weichen Teig verarbeiten.

4

5 Den Teig auf einer bemehlten Arbeitsfläche 2 cm dick ausrollen und 8 runde Scheiben von 5 cm Ø ausstechen.

5

6 Die Scheiben auf das vorbereitete Backblech legen und mit der zurückbehaltenen Milch bestreichen.

7 Bei 220 °C im vorgeheizten Ofen 8–10 Minuten goldbraun backen.

8 Die Scones auf einem Rost auskühlen lassen. Zum Servieren aufschneiden und mit Butter bestreichen.

Apfel-Scones

Ergibt 8 Stück

etwas Butter, zum Einfetten
225 g Mehl
2 TL Backpulver
1 EL Zucker
1 Prise Salz
75 g Butter, in kleinen Stücken
1 Apfel, geschält, entkernt und gehackt
1 Ei, verquirlt
2 EL Zuckerrübensirup
75 ml Milch

1 Ein Backblech leicht mit Butter einfetten.

2 Mehl, Backpulver, Zucker und Salz in eine Schüssel sieben.

3 Butter mit den Fingern in der Mischung verreiben, bis ein krümeliger Teig entsteht.

4 Die Apfelstücke zugeben und unterrühren.

5 Ei, Sirup und Milch verquirlen. Zu den trockenen Zutaten geben und zu einem glatten Teig verarbeiten.

6 Den Teig auf einer leicht bemehlten Arbeitsfläche 2 cm dick ausrollen und 8 runde Scheiben von 5 cm Ø ausstechen.

7 Die Scheiben auf das vorbereitete Backblech legen und bei 220 °C im vorgeheizten Backofen 8–10 Minuten backen.

5

6

8 Die fertigen Scones auf einem Rost abkühlen lassen. Halbiert mit etwas Butter servieren.

Apfelküsse

Ergibt 4 Stück

150 g Mehl
½ TL Salz
1 TL Backpulver
1 EL Zucker
25 g Butter, in kleinen Stücken
50 ml Milch

FÜLLUNG
3 Äpfel, geschält, entkernt und in Scheiben geschnitten
100 g Zucker
1 EL Zitronensaft
1 TL gemahlener Zimt
300 ml Wasser
150 g Sahne, leicht geschlagen
Puderzucker, zum Bestäuben

1 Ein Backblech leicht einfetten. Mehl, Salz, Backpulver und Zucker in einer Schüssel mischen. Die Butter mit den Fingern darin verreiben, bis ein krümeliger Teig entsteht.

2 Die Milch zugeben und zu einem glatten Teig verarbeiten. Den Teig kurz durchkneten und 1 cm dick ausrollen. 4 runde Scheiben von 5 cm Ø ausstechen und auf das vorbereitete Backblech legen.

3 Die Scheiben bei 220 °C im vorgeheizten Backofen etwa 15 Minuten backen, bis sie aufgegangen und leicht gebräunt sind. Anschließend abkühlen lassen.

4 Für die Füllung Apfelscheiben, Zucker, Zitronensaft, Zimt und Wasser in einem Topf zum Kochen bringen und ohne Deckel 5–10 Minuten köcheln lassen, bis die Äpfel weich sind. Etwas abkühlen lassen, dann die Äpfel aus dem Topf nehmen.

5 Die gebackenen Teigscheiben horizontal halbieren. Die unteren Hälften mit je 1 Viertel Apfelscheiben und Sahne belegen. Die andere Hälfte darüber legen und mit Puderzucker bestäuben. Servieren.

Apfel-Brombeer-Zuckerkuchen

Für 10 Personen

- 350 g Kochäpfel, entkernt, geschält und klein gewürfelt
- 3 EL Zitronensaft
- 300 g Vollkorn-Weizenmehl
- 3½ TL Backpulver
- 1 TL Zimt, plus etwas mehr, zum Bestäuben
- 175 g Brombeeren, plus etwas mehr, zum Garnieren
- 175 g brauner Zucker
- 1 Ei, verquirlt
- 200 g Frischkäse
- 60 g weiße oder braune Zuckerwürfel, grob zerkleinert
- 1 Dessertapfel, in Scheiben, zum Dekorieren

VARIATION

Ersetzen Sie die Brombeeren durch Blaubeeren. Verwenden Sie Tiefkühlware, wenn Sie keine frischen Beeren bekommen.

1 Eine 20–25 cm große Kastenform einfetten und mit Backpapier auslegen. Die Äpfel mit dem Zitronensaft in einem Topf aufkochen, abdecken und 10 Minuten köcheln lassen, bis sie weich sind und zerfallen. Pürieren und zum Abkühlen beiseite stellen.

1

2 Mehl, Backpulver und Zimt in eine Schüssel sieben und mit 120 g Brombeeren und dem Zucker vermengen.

2

3 Eine Mulde in der Mitte des Teigs formen und Ei, Frischkäse und Apfelpüree hineingeben. Gründlich vermengen. Den Teig in die Kastenform geben und glatt streichen.

4 Die restlichen Brombeeren darauf verteilen, in den Teig drücken und mit dem zerkleinerten Zucker bestreuen. Bei 190 °C im vorgeheizten Ofen 40–45 Minuten backen, dann in der Form abkühlen lassen.

4

5 Den Kuchen aus der Form heben und das Backpapier entfernen. Mit Zimt bestäuben sowie mit Brombeeren und Apfelscheiben dekorieren.

Gewürzbrot

Ergibt 1 Laib

325 g Mehl

3 TL Backpulver

1 Msp. Salz

1 Msp. Cayennepfeffer

2 TL Currypulver

2 TL Mohn

25 g Butter, in kleinen Stücken

150 ml Milch

1 Ei, verquirlt

1 Ein Backblech leicht mit Butter einfetten.

2 Mehl, Backpulver, Salz, Cayennepfeffer, Currypulver und Mohn in eine große Schüssel sieben und mischen.

3 Die Butter mit den Fingern darin verreiben, bis ein krümeliger Teig entsteht.

4 Milch und Ei zugeben und zu einem festen Teig verrühren.

5 Einige Minuten auf einer leicht bemehlten Arbeitsfläche glatt kneten.

6 Anschließend zu einem runden Laib formen und oben kreuzförmig einschneiden.

7 Den Laib bei 190 °C im vorgeheizten Ofen 45 Minuten backen.

8 Das fertige Brot auf einem Rost abkühlen lassen und in Stücken oder Scheiben servieren.

TIPP

Wenn das Brot zu schnell braun wird, decken Sie es bis zum Ende der Backzeit mit Alufolie ab.

Käse-Schinken-Brot

Ergibt 1 Laib

225 g Mehl
4 TL Backpulver
1 TL Salz
1 TL Paprikapulver
75 g Butter, in kleinen Stücken
125 g reifer herzhafter Hartkäse, gerieben
75 g geräucherter Schinken
2 Eier, verquirlt
150 ml Milch

TIPP

Dieses Brot ist nicht lange haltbar und wird am besten am Tag der Zubereitung verzehrt.

1 Eine kleine Kastenform einfetten und den Boden mit Backpapier auslegen.

2 Mehl, Backpulver, Salz und Paprikapulver in eine Schüssel sieben und mischen.

3 Mit der Butter zu einem krümeligen Teig verarbeiten. Käse und ein gehackten Schinken einrühren.

4 Eier und Milch zu geben und gut vermischen.

5 Den fertigen Teig in die vorbereitete Form füllen.

6 Anschließend bei 180 °C im vorgeheizten Backofen 1 Stunde backen, bis er gut aufgegangen ist.

7 Das fertige Brot in der Form etwas abkühlen lassen. Dann auf einem Rost ganz auskühlen lassen.

8 In dicke Scheiben schneiden und servieren.

Tomatenbrötchen

Ergibt 8 Stück

225 g Mehl
½ TL Salz
1 Päckchen Trockenhefe
100 g Butter, zerlassen und leicht abgekühlt
3 EL Milch, erwärmt
2 Eier, verquirlt
50 g sonnengetrocknete Tomaten in Öl, gut abgetropft und fein gehackt
Milch, zum Bestreichen

VARIATION

Für zusätzliches Aroma geben Sie in Schritt 5 fein gehackte Sardellenfilets oder Oliven zum Teig.

1 Ein Backblech leicht einfetten. Mehl und Salz in eine große Schüssel sieben und mit der Trockenhefe vermengen.

2 Butter, Milch und Eier zugeben und zu einem Teig verarbeiten.

3 Den Teig von Hand auf einer leicht bemehlten Arbeitsfläche

3

oder mit den Knethaken eines elektrischen Rührgeräts etwa 5 Minuten glatt kneten.

4 Den Teig in eine eingefettete Schüssel geben, abdecken und an einem warmen Ort 1–1½ Stunden gehen lassen, bis sich sein Volumen verdoppelt hat. Anschließend erneut einige Minuten durchkneten.

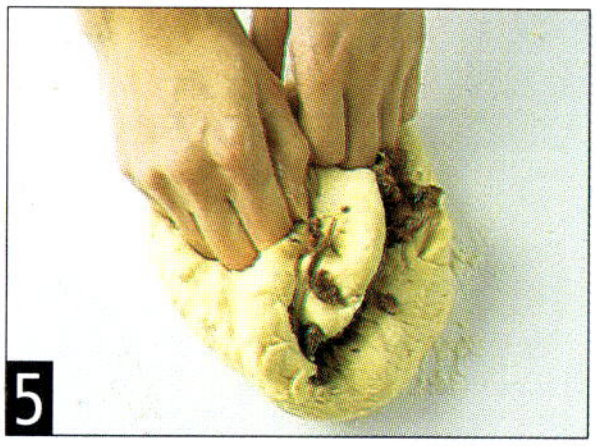
5

5 Die Tomaten in den Teig kneten. Die Arbeitsfläche dazu gegebenenfalls etwas stärker mit Mehl bestäuben, da die Tomaten sehr fetthaltig sind.

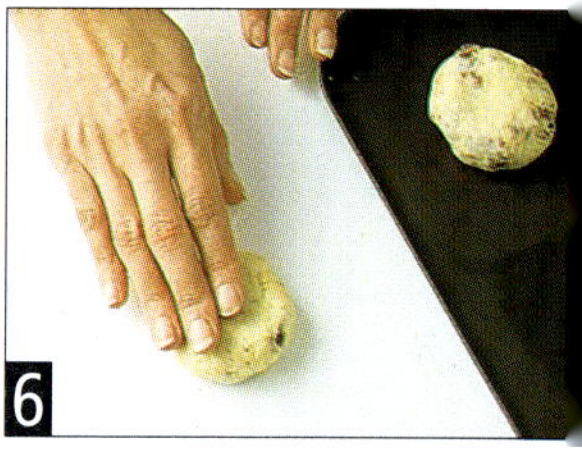
6

6 Den Teig zu 8 kleinen Kugeln formen und diese auf das Backblech legen. Abdecken und weitere 30 Minuten gehen lassen, bis sich ihr Volumen verdoppelt hat.

7 Die Teigkugeln mit Milch bestreichen und bei 230 °C im vorgeheizten Backofen 10–15 Minuten goldbraun backen.

8 Die fertigen Brötchen auf einem Rost vor dem Servieren leicht abkühlen lassen.

Knoblauchbrötchen

Ergibt 8 Stück

12 Knoblauchzehen
350 ml Milch
450 g Mehl
1 TL Salz
1 Päckchen Trockenhefe
1 TL gemischte getrocknete Kräuter (z. B. Majoran, Basilikum, Oregano und Thymian)
2 EL Sonnenblumenöl
1 Ei, verquirlt
Milch, zum Bestreichen
grobes Salz, zum Bestreuen

1 Ein Backblech einfetten oder mit Backpapier auslegen.

2 Die Knoblauchzehen schälen und mit der Milch in einem Topf 15 Minuten köcheln lassen. Die leicht abgekühlte Masse pürieren.

3 Mehl und Salz in eine große Schüssel sieben. Mit der Trockenhefe und den Kräutern vermengen.

4 Knoblauch-Milch-Püree, Öl und Ei zugeben und zu einem festen Teig verarbeiten.

5 Den Teig auf einer leicht bemehlten Arbeitsfläche einige Minuten sanft weich und geschmeidig kneten.

6 In einer eingefetteten Schüssel abgedeckt an einem warmen Ort etwa 1 Stunde gehen lassen, bis sich das Volumen verdoppelt hat.

7 Den aufgegangenen Teig erneut 2 Minuten kneten. Dann 8 runde Brötchen daraus formen und diese auf das vorbereitete Backblech legen. Die Brötchen oben mit einem Messer einschneiden, abdecken und weitere 15 Minuten gehen lassen.

8 Die Brötchen mit Milch bestreichen und mit grobem Salz bestreuen.

9 Bei 220 °C im vorgeheizten Backofen 15–20 Minuten backen Die fertigen Brötchen vor dem Servieren auf einem Rost abkühlen lassen.

Mini-Focaccia

Ergibt 4 Stück

350 g Mehl

½ TL Salz

1 Päckchen Trockenhefe

2 EL Olivenöl

250 ml lauwarmes Wasser

100 g grüne oder schwarze Oliven, entsteint und halbiert

BELAG

2 rote Zwiebeln, in Ringen

2 EL Olivenöl

1 TL Meersalz

1 EL frische Thymianblätter

1 Ein Backblech leicht einfetten. Mehl und Salz in eine große Schüssel sieben und mit der Trockenhefe vermengen. Olivenöl und Wasser zugeben und zu einem festen Teig verarbeiten.

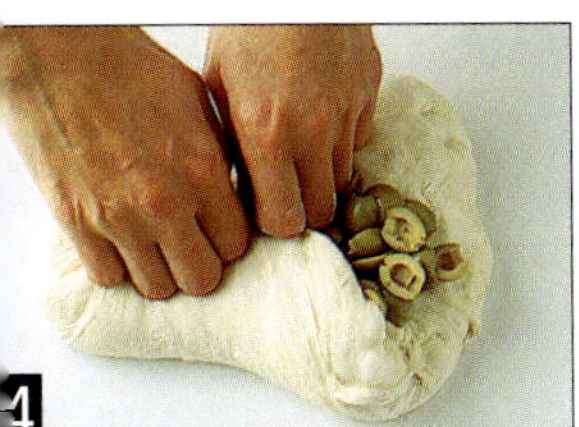

2 Den Teig manuell auf einer leicht bemehlten Arbeitsfläche etwa 5 Minuten glatt kneten oder 7–8 Minuten mit den Knethaken eines elektrischen Rührgeräts verarbeiten.

3 In eine eingefettete Schüssel geben, abdecken und an einem warmen Ort 1–1½ Stunden gehen lassen, bis sich das Volumen verdoppelt hat. Dann erneut 1–2 Minuten kneten.

4 Die Hälfte der Oliven in den Teig kneten. Dann den Teig vierteln und 4 Fladen daraus formen. Diese auf das vorbereitete Backblech legen und mit den Fingern oben leicht eindrücken.

5 Zwiebeln und restliche Oliven auf die Fladen legen. Mit Olivenöl beträufeln und mit Meersalz und Thymianblättern bestreuen. Die Fladen abdecken und weitere 30 Minuten an einem warmen Ort gehen lassen.

6 Die Fladen bei 190 °C im vorgeheizten Backofen 20–25 Minuten backen, bis sie außen goldbraun und innen durchgebacken sind.

7 Vor dem Servieren auf einem Rost auskühlen lassen.

VARIATION

Aus der gleichen Teigmenge können Sie auch 1 großen Focaccia-Laib herstellen.

Joghurtbrot

Ergibt 1 Laib

300 g Mehl
300 g Weizen-Vollkornmehl
2 TL Backpulver
1 TL Natron
2 EL Zucker
1 TL Salz
1 Ei, verquirlt
425 ml Naturjoghurt

VARIATION

Für eine fruchtige Variante fügt man in Schritt 2 den trockenen Zutaten 125 g Rosinen hinzu.

1 Ein Backblech leicht einfetten und mit Mehl bestäuben.

2 Mehl, Backpulver, Natron, Zucker und Salz in eine große Schüssel sieben.

3 Ei und Joghurt verrühren und zu den trockenen Zutaten geben. Alles gut vermengen und zu einem weichen, klebrigen Teig verarbeiten.

4 Den Teig auf einer leicht bemehlten Arbeitsfläche einige Minuten glatt kneten und zu einem runden, etwa 5 cm hohen Laib formen.

5 Den Laib auf das vorbereitete Backblech legen und oben kreuzförmig einschneiden.

6 Das Brot bei 190 °C im vorgeheizten Backofen etwa 40 Minuten goldbraun backen.

7 Auf einem Rost abkühlen lassen und in Scheiben geschnitten servieren.

Plätzchen & Kekse

Wer sich einmal die Kaffeepause oder den Fünfuhrtee mit selbst gebackenen Plätzchen verschönt hat, wird diesen besonderen Genuss nicht mehr missen wollen. Unsere unwiderstehliche Auswahl an Plätzchen und Kleingebäck mundet jedem Gaumen – aber Vorsicht: Suchtgefahr!

Mit den Rezepten in diesem Kapitel können Sie Leckereien wie Zitrusmonde, Meringen, Sultaninos und Ingwerplätzchen ganz schnell und einfach selbst zubereiten. Die angegebenen Zutaten lassen sich ohne weiteres Ihrem persönlichen Geschmack entsprechend variieren – so bietet das Plätzchen- und Keksebacken jede Menge Spielraum für eigene Kreativität und Fantasie.

Currykekse

Ergibt 40 Kekse

100 g Mehl
1 TL Salz
2 TL Currypulver
100 g Cheshire-Käse oder anderer reifer Hartkäse, gerieben
100 g Parmesan, gerieben
100 g weiche Butter

TIPP
In einem luftdicht verschließbaren Behälter sind die Kekse mehrere Tage haltbar.

1 Mehrere Backbleche leicht einfetten.

2 Mehl und Salz in eine große Schüssel sieben und mischen.

3 Curry, Käse und Parmesan einrühren. Die Butter mit den Fingern darin verreiben und zu einem weichen Teig verarbeiten.

4 Den Teig auf einer leicht bemehlten Arbeitsfläche zu einem dünnen Rechteck ausrollen.

5 Mit einer Ausstechform von 5 cm Ø etwa 40 runde Kekse aus dem Teig ausstechen.

6 Die Kekse auf die vorbereiteten Backbleche verteilen.

7 Bei 180 °C im vorgeheizten Backofen 10–15 Minuten goldbraun backen.

8 Die fertigen Kekse auf den Blechen kurz abkühlen lassen. Dann auf einem Rost ganz auskühlen lassen, bis sie knusprig geworden sind.

3

4

5

Rosmarinplätzchen

Ergibt 25 Stück

50 g weiche Butter
50 g Zucker
geriebene Schale von 1 Zitrone
4 EL Zitronensaft
1 Ei, getrennt
2 TL frisch gehackter Rosmarin
200 g Mehl, gesiebt
Zucker, zum Bestreuen (nach Belieben)

VARIATION

Der frische Rosmarin kann durch 1½ Teelöffel getrockneten Rosmarin ersetzt werden.

1 Zwei Backbleche leicht einfetten. Butter und Zucker in einer großen Schüssel schaumig schlagen.

2 Zuerst Zitronenschale und -saft, dann das Eigelb zugeben.

3 Alles gründlich verquirlen. Dann den Rosmarin einrühren.

4 Mehl zugeben und zu einem glatten Teig verarbeiten. Den Teig in Frischhaltefolie einwickeln und 30 Minuten kalt stellen.

5 Den Teig auf einer leicht bemehlten Arbeitsfläche dünn ausrollen. Etwa 25 runde Plätzchen mit 6 cm Ø ausstechen und auf die vorbereiteten Backbleche legen.

6 Das Eiweiß in einer Schüssel leicht verquirlen und vorsichtig auf die Plätzchen streichen. Nach Belieben etwas Zucker darüber streuen.

7 Die Plätzchen bei 180 °C im vorgeheizten Backofen etwa 15 Minuten backen.

8 Auf einem Rost vor dem Servieren abkühlen lassen.

Käsetaler

Ergibt ca. 35 Stück

150 g Mehl
150 g reifer herzhafter Käse, gerieben
150 g Butter, in kleinen Stücken
1 Eigelb
Sesamsaat, zum Bestreuen

TIPP

Sie können diesem Gebäck auch andere Formen geben. Kinder etwa lieben Tier- und Fantasieformen aller Art.

1 Mehrere Backbleche leicht einfetten.

2 Mehl und Käse in einer Schüssel mischen.

3 Die Butter mit den Fingern in die Mehlmischung einarbeiten, bis ein krümeliger Teig entsteht.

4 Das Eigelb zugeben und zu einem glatten Teig verarbeiten. Diesen in Frischhaltefolie einwickeln und etwa 30 Minuten kalt stellen.

3

5 Den Teig auf einer leicht bemehlten Arbeitsfläche dünn ausrollen und mehrere runde Scheiben von ca. 6 cm Ø ausstechen. Den Vorgang mit den Teigresten so lange wiederholen, bis etwa 35 Taler entstanden sind.

6 Die Taler auf die Backbleche legen und mit Sesamsaat bestreuen.

5

7 Die Käsetaler bei 200 °C im vorgeheizten Backofen 20 Minuten backen, bis sie leicht gebräunt sind.

6

8 Aus dem Ofen nehmen und vor dem Servieren auf einem Rost etwas abkühlen lassen.

VARIATION

Die süße Version: Den Käse durch die geriebene Schale einer Zitrone ersetzen und am Ende von Schritt 2 125 g Zucker unterrühren. Eigelb mit 1 Esslöffel Cognac oder Rum verquirlen, bevor man es unter den Teig mischt. Dann wie oben beschrieben ausrollen, ausstechen und backen.

Käse-Schnittlauch-Scones

Ergibt 10 Stück

225 g Mehl
2 TL Backpulver
1 TL Senfpulver
½ TL Cayennepfeffer
½ TL Salz
100 g Frischkäse mit Kräutern
2 EL frisch gehackter Schnittlauch, plus etwas mehr, zum Garnieren
100 ml Magermilch, plus 2 EL mehr, zum Bestreichen
60 g Gouda, gerieben
Frischkäse, zum Servieren

1 Mehl, Backpulver, Senfpulver, Cayennepfeffer und Salz in eine Schüssel sieben und mischen.

2 Den Frischkäse zugeben und zu einem glatten Teig verkneten. Den Schnittlauch zufügen.

3 In die Mitte der Masse eine Vertiefung drücken. Unter ständigem Rühren die Milch zugießen, bis ein geschmeidiger Teig entsteht.

4 Den Teig auf einer bemehlten Arbeitsfläche durchkneten und zu einer Platte von 2 cm Dicke ausrollen. Mit einer runden Ausstechform (5 cm Ø) Scones ausstechen und diese auf ein Backblech setzen.

5 Die Teigreste verkneten und erneut ausrollen. Wieder Scones ausstechen. Der Teig sollte insgesamt 10 Stück ergeben.

6 Die Scones mit der restlichen Milch bestreichen und mit dem geriebenen Käse bestreuen. Bei 200 °C 15–20 Minuten hellbraun backen, bis sie aufgegangen sind. Etwas abkühlen lassen. Warm mit Frischkäse servieren, der mit Schnittlauch garniert ist.

Käse-Senf-Scones

Ergibt 8 Stück

225 g Mehl

1 Prise Salz

3 TL Backpulver

50 g Butter, in kleinen Stücken

125 g reifer herzhafter Käse, gerieben

1 TL Senfpulver

150 ml Milch

Pfeffer (nach Belieben)

2

3

5

1 Ein Backblech leicht einfetten. Mehl, Salz und Backpulver in eine Schüssel sieben.

2 Die Butter mit den Fingern in der Mehlmischung verreiben, bis ein krümeliger Teig entsteht.

3 Käse, Senfpulver und so viel Milch einrühren, dass ein glatter Teig entsteht.

4 Den Teig auf einer leicht bemehlten Arbeitsfläche vorsichtig kneten und zu einer etwa $2^{1}/_{2}$ cm dicken Scheibe formen.

5 Die Scheibe in 8 kleine Keile schneiden. Mit etwas Milch bestreichen und nach Belieben mit Pfeffer bestreuen.

6 Die Teigkeile bei 220 °C im vorgeheizten Backofen 10–15 Minuten goldbraun backen.

7 Die fertigen Scones vor dem Servieren etwas abkühlen lassen.

Ingwerplätzchen

Ergibt 30 Stück

350 g Mehl

3 1/2 TL Backpulver

1 Prise Salz

200 g Zucker

1 TL gemahlener Ingwer

1 TL Natron

125 g Butter

75 g heller Sirup

1 Ei, verquirlt

1 TL geriebene Orangenschale

TIPP

Kekse im luftdicht verschlossenen Behälter aufbewahren und innerhalb einer Woche verzehren.

VARIATION

Für eine weniger traditionelle, aber ebenso köstliche Version ersetzen Sie den Ingwer durch 1 Esslöffel Lebkuchen-Gewürz und die Orangenschale durch Zitronenschale.

1 Mehrere Backbleche leicht einfetten.

2 Mehl, Backpulver, Salz, Zucker, Ingwer und Natron in eine große Schüssel sieben.

3 Butter und Sirup bei schwacher Hitze in einem Topf erwärmen, bis die Butter ganz zerlassen ist.

4 Etwas abkühlen lassen und zu den trockenen Zutaten gießen.

5 Eier und Orangenschale zugeben und gründlich vermengen.

3

6 Den Teig mit den Händen zu 30 gleich großen Kugeln formen.

7 Die Kugeln mit genügend Abstand auf die vorbereiteten Backbleche legen und leicht flach drücken.

8 Die Plätzchen bei 160 °C im vorgeheizten Backofen 15–20 Minuten backen. Vor dem Servieren auf einem Rost abkühlen lassen.

4

7

Zitronenplätzchen

Ergibt 50 Stück

100 g weiche Butter
125 g Zucker
geriebene Schale von 1 Zitrone
1 Ei, verquirlt
4 EL Zitronensaft
350 g Mehl
1 TL Backpulver
1 EL Milch
Puderzucker, zum Bestäuben

VARIATION

Sie können diesen Plätzchen beliebige Formen geben – lassen Sie Ihrer Fantasie freien Lauf.

1 Mehrere Backbleche leicht einfetten.

2 Butter, Zucker und Zitronenschale in einer Schüssel schaumig verquirlen.

3 Nach und nach das Ei und den Zitronensaft zugeben und gut mit den anderen Zutaten mischen.

4 Mehl und Backpulver in die Mischung sieben und gut unterrühren. Die Milch zugießen und zu einem glatten Teig verarbeiten.

5 Den Teig auf eine leicht bemehlte Arbeitsfläche geben und in etwa 50 gleich große Stücke teilen.

6 Jedes Stück von Hand zu einem Stäbchen rollen und dieses zu einem „S" formen.

7 Die Zitronenplätzchen auf die Backbleche verteilen und bei 170 °C im vorgeheizten Backofen 15–20 Minuten backen. Auf einem Rost abkühlen lassen und vor dem Servieren mit Puderzucker bestäuben.

2

4

6

Zimtschnitten

Ergibt 12 Stück

250 g weiche Butter

250 g Zucker

3 Eier, verquirlt

250 g Mehl

2½ TL Backpulver

½ TL Natron

1 EL gemahlener Zimt

150 g saure Sahne

100 g Sonnenblumenkerne

TIPP

Die Zimtschnitten lassen sich gut einfrieren und sind dann etwa 1 Monat haltbar.

1 Eine Backform mit einer Seitenlänge von 24 cm einfetten und den oden mit Backpapier auslegen.

2 Butter und Zucker in einer großen Schüssel schaumig schlagen.

3 Nach und nach die Eier zugeben und jeweils gründlich mit der ttermischung verquirlen.

4 Mehl, Backpulver, Natron und Zimt in die Butter-Ei-Mischung sieben und mit einem Metalllöffel vorsichtig unterheben.

5 Saure Sahne und Sonnenblumenkerne zufügen und ebenfalls gut unterrühren.

6 Den Teig in die Form geben und mit der Rückseite eines Löffels oder mit einem Messer glatt streichen.

7 Den Teig bei 180 °C im vorgeheizten Backofen 45 Minuten backen, bis er fest geworden ist.

8 Die Teigränder mit einem stumpfen Messer von der Form lösen und den Teig auf einem Rost auskühlen lassen. Vor dem Servieren in 12 Stücke schneiden.

4

3

5

Müslikekse

Ergibt 10 Stück

50 g Butter, plus Butter zum Einfetten
125 g Zucker
1 Ei, verquirlt
50 g Mehl
½ TL Salz
½ TL Backpulver
175 g Haferflocken
125 g Rosinen
2 EL Sesamsaat

TIPP

Diese Kekse bleiben in einem luftdicht verschließbaren Behälter besonders lange frisch.

1 Mit etwas Butter 2 Backbleche leicht einfetten.

2 Butter und Zucker in einer großen Schüssel schaumig schlagen.

3 Nach und nach das Ei zugeben und gut mit der Buttermischung verquirlen.

4 Mehl, Salz und Backpulver in die Mischung sieben und gut verrühren. Haferflocken, Rosinen und Sesam zugeben und gut untermischen.

5 Mit einem Löffel 10 Häufchen aus dem fertigen Teig stechen. Die Häufchen mit reichlich Abstand auf die Backbleche geben und mit dem Löffel leicht flach drücken.

6 Bei 180 °C im vorgeheizten Backofen 15 Minuten backen.

7 Die fertigen Kekse auf den Blechen etwas abkühlen lassen.

8 Die Kekse vor dem Servieren auf einem Rost ganz auskühlen lassen.

Haselnuss-Schnitten

Ergibt 16 Stück

150 g Mehl

1 TL Backpulver

1 Prise Salz

100 g Butter, in kleinen Stücken

150 g brauner Zucker

1 Ei, verquirlt

4 EL Milch

100 g Haselnüsse, halbiert

Farin-Zucker, zum Bestreuen (nach Belieben)

1 Eine quadratische 24-cm-Backform einfetten und den Boden mit Backpapier auslegen.

2 Mehl, Backpulver und Salz in eine große Schüssel sieben.

3 Die Butter mit den Fingern darin verreiben, bis ein krümeliger Teig entsteht. Dann den Zucker einrühren.

4 Ei, Milch und Nüsse zugeben und gründlich zu einem weichen Teig verrühren.

5 Den Teig in die vorbereitete Form geben, glatt streichen und nach Belieben mit Farin-Zucker bestreuen.

6 Bei 180 °C im vorgeheizten Backofen etwa 25 Minuten backen, bis er fest ist.

VARIATION

Die Milch kann durch die gleiche Menge kalten, starken, schwarzen Kaffees ersetzt werden. Je stärker, desto besser!

3

4

5

7 Die Haselnuss-Schnitten 10 Minuten abkühlen lassen, aus der Form lösen und auf einem Rost ganz auskühlen lassen. Zum Servieren in kleine Quadrate schneiden.

Sultaninos

Ergibt 8 Stück

200 g Mehl

2 TL Backpulver

100 g Butter, in kleinen Stücken

75 g Farin-Zucker

100 g Sultaninen

25 g kandierte Kirschen, fein gehackt

1 Ei, verquirlt

2 EL Milch

TIPP

Die trockenen Zutaten im Voraus mischen und die flüssigen erst kurz vor dem Backen zufügen.

1 Ein Backblech leicht einfetten. Mehl und Backpulver in eine Schüssel sieben.

2 Die Butter mit den Fingern darin verreiben, bis ein krümeliger Teig entsteht.

3 Zucker, Sultaninen und Kirschen zugeben.

4 Ei und Milch zufügen und zu einem weichen Teig verarbeiten.

5 Mit einem Löffel 8 Häufchen aus dem Teig formen und unter genügend Abstand auf das Backblech geben (sie gehen beim Backen auf).

6 Bei 200 °C im vorgeheizten Backofen 15–20 Minuten backen, bis sie fest sind.

7 Die fertigen Sultaninos vom Blech nehmen und entweder sehr heiß servieren oder vor dem Verzehr auf einem Rost abkühlen lassen.

Kokosriegel

Ergibt 16 Stück

200 g Butter

200 g Farin-Zucker

2 EL heller Sirup

275 g Haferflocken

100 g Kokosraspel

75 g kandierte Kirschen, gehackt

TIPP

In einem luftdichten Behälter gelagert sind die Riegel 1 Woche, tiefgefroren sogar bis zu 1 Monat haltbar.

VARIATION

Einfache Haferkekse: 120 g Butter mit 3 EL Zucker und 3 EL Sirup bei schwacher Hitze in einem Topf zerlassen. 175 g Haferflocken gut unterrühren, dann wie oben beschrieben auf ein Backblech verteilen und backen.

1 Ein 30 cm x 24 cm großes Backblech leicht einfetten.

2 Butter, Farin-Zucker und Sirup in einem großen Topf erhitzen, bis sich der Zucker auflöst.

3 Haferflocken, Kokosraspel und kandierte Kirschen zugeben und mit der Zuckermischung überziehen.

4 Die Kokos-Zucker-Mischung auf das Backblech geben und mit einem Tortenheber andrücken.

5 Bei 170 °C im vorgeheizten Backofen etwa 30 Minuten backen.

6 Aus dem Ofen nehmen und etwa 10 Minuten auf dem Blech abkühlen lassen.

7 Mit einem scharfen Messer in etwa 16 Riegel schneiden.

8 Die fertigen Riegel auf einem Rost ganz abkühlen lassen.

Zitrusmonde

Ergibt 25 Stück

100 g weiche Butter
75 g Zucker
1 Ei, getrennt
200 g Mehl, gesiebt
geriebene Schale von 1 Orange
geriebene Schale von 1 Zitrone
geriebene Schale von 1 Limette
2–3 EL Orangensaft
feiner Zucker, zum Bestreuen (nach Belieben)

3

4

1 Zwei Backbleche leicht einfetten. Butter und Zucker in einer Schüssel schaumig schlagen.

2 Dann nach und nach das Eigelb untermischen.

3 Mehl zugeben und gut unterrühren. Die Zitrusschalen einrühren und mit genügend Orangensaft zu einem glatten Teig verarbeiten.

4 Den Teig auf einer leicht bemehlten Arbeitsfläche ausrollen. Scheiben von $7\frac{1}{2}$ cm Ø ausstechen. Etwa 1 Viertel des Teigs von den Scheiben abstechen, sodass kleine Halbmonde entstehen. Die abgestochenen Reste erneut ausrollen und verarbeiten, bis etwa 25 Monde entstanden sind.

5 Die Monde auf die vorbereiteten Backbleche legen und mit einer Gabel einstechen.

6 Das Eiweiß in einer Schüssel leicht verquirlen und die Monde damit bestreichen. Nach Belieben etwas Zucker darüber streuen.

7 Die Monde bei 200 °C im vorgeheizten Backofen 12–15 Minuten backen. Vor dem Servieren abkühlen lassen.

Gewürzplätzchen

Ergibt 12 Stück

175 g Butter, plus etwas mehr, zum Einfetten
175 g brauner Zucker
225 g Mehl
1 Prise Salz
½ TL Natron
1 TL gemahlener Zimt
½ TL gemahlener Koriander
½ TL gemahlene Muskatnuss
¼ TL gemahlene Nelken
2 EL brauner Rum

1 Zwei Backbleche leicht mit Butter einfetten.

2 Butter und Zucker in einer Schüssel schaumig schlagen.

3 Mehl, Salz, Natron, Zimt, Koriander, Muskatnuss und Nelken in ie Buttermischung sieben und gut errühren.

TIPP

Die Plätzchen kann man auch mit der Rückseite einer Gabel flach andrücken.

4 Den Rum zugießen und unterrühren.

5 Mit 2 Teelöffeln etwa 12 kleine Teighäufchen aus der so entstandenen Mischung formen und jeweils mit 7 cm Abstand auf die Backbleche setzen. Die Teighäufchen mit einem Löffel leicht flach drücken.

6 Bei 180 °C im vorgeheizten Backofen 10–12 Minuten goldbraun backen.

7 Die fertigen Plätzchen vor dem Servieren auf einem Rost abkühlen lassen.

2

3

5

Erdnussbutter-Cookies

Ergibt 20 Stück

125 g weiche Butter, plus etwas mehr, zum Einfetten
150 g grobe Erdnussbutter (crunchy)
225 g Kristallzucker
1 Ei, leicht verquirlt
150 g Mehl
1/2 TL Backpulver
1 Prise Salz
75 g ungesalzene Erdnüsse, gehackt

TIPP

Wenn man die Kekse vor dem Backen mit etwas Farin-Zucker bestreut, werden sie knuspriger und glänzen mehr.

VARIATION

Eine etwas andere Geschmacksnote: Den Kristallzucker durch braunen Zucker ersetzen und 1 Teelöffel Lebkuchen-Gewürzmischung untermischen.

1 Zwei Backbleche leicht mit Butter einfetten.

2 Butter und Erdnussbutter in einer großen Schüssel vermengen.

2

3 Nach und nach den Zucker zugeben und gut unterrühren.

4 Langsam das Ei zufügen und gründlich untermischen.

5 Mehl, Backpulver und Salz in die Erdnussbutter-Mischung sieben.

6 Die Erdnüsse zugeben und alles zu einem weichen Teig verarbeiten. Den Teig in Frischhaltefolie einwickeln und 30 Minuten kalt stellen.

7 Aus dem Teig 20 Kugeln formen. Die Kugeln mit einem Abstand von jeweils 5 cm auf die vorbereiteten Bleche legen und mit der Hand leicht flach drücken.

6

8 Die Kekse bei 190 °C im vorgeheizten Backofen 15 Minuten goldbraun backen. Vor dem Servieren auf einem Rost abkühlen lassen.

7

Shortbread

Ergibt 8 Stück

125 g weiche Butter

40 g Kristallzucker

25 g Puderzucker

225 g Mehl

1 Prise Salz

2 TL Orangenblütenwasser

feiner Zucker, zum Bestreuen

1 Eine Springform von 20 cm Ø leicht einfetten.

2 Butter, Zucker und Puderzucker in einer Schüssel schaumig schlagen.

3 Mehl und Salz hineinsieben, Orangenblütenwasser zufügen und zu einem glatten Teig verarbeiten.

4 Teig auf einer leicht bemehlten Arbeitsfläche zu einer runden Scheibe von 20 cm Ø ausrollen und in die Springform einpassen. Mehrfach einstechen und mit einem Messer 8 Dreiecke in die Oberfläche ritzen.

5 Bei 160 °C im vorgeheizten Backofen 30–35 Minuten goldbraun und knusprig backen.

6 Das fertige Shortbread mit Zucker bestreuen und entlang der eingeritzten Linien einschneiden.

7 In der Form abkühlen lassen und bis zum Verzehr in einem luftdicht verschließbaren Behälter aufbewahren.

3

4

4

Meringen

Ergibt 12 Stück

4 Eiweiß

1 Prise Salz

125 g Kristallzucker

125 g feiner Zucker

300 g Sahne, leicht geschlagen

VARIATION

Die Meringen werden zarter, wenn man ausschließlich feinen Zucker verwendet.

1 Drei Backbleche mit Backpapier auslegen.

2 Das Eiweiß salzen und in einer großen, sauberen Schüssel mit einem elektrischen Rührgerät sehr steif schlagen – man muss die Schüssel schräg halten können, ohne dass sich das Eiweiß bewegt.

3 Nach und nach den Kristallzucker in den Eischnee rühren, bis dieser leicht glänzt.

4 Dann nach und nach den feinen Zucker unterrühren. Die Masse weiter schlagen, bis der gesamte Zucker verarbeitet ist und der Eischnee hohe, feste Spitzen bildet.

5 Die Eischneemischung in einen Spritzbeutel mit einer 2-cm-Sterntülle füllen und etwa 24 kleine Häufchen auf die Backbleche spritzen.

6 Die Meringen bei 120 °C im vorgeheizten Backofen etwa 1½ Stunden leicht braun backen, bis sie sich gut vom Papier lösen. Über Nacht im Ofen abkühlen lassen.

7 Kurz vor dem Servieren auf die Unterseite von 12 Meringen jeweils etwas Sahne geben und mit den anderen 12 wie Sandwichs zusammensetzen.

2

3

5

Vanilleherzen

Ergibt 12 Stück

etwas Butter, zum Einfetten

225 g Mehl

150 g Butter, in kleinen Stücken

125 g feiner Zucker, plus etwas mehr, zum Bestreuen

5 Tropfen Vanillearoma

TIPP

Vanillezucker selbst machen: Dazu 1 frische, aufgeschlitzte Vanillestange über mehrere Wochen in einen Zuckertopf legen.

VARIATION

Wer mag, kann mit dem Vanillearoma ein paar Tropfen rote oder rosa Lebensmittelfarbe zugeben und die Herzen mit kleinen silbernen, goldenen oder rosafarbenen Zuckerperlen verzieren.

1 Ein Backblech leicht mit Butter einfetten.

2 Das Mehl in eine große Schüssel sieben. Die Butter mit den Fingern darin verreiben, bis ein krümeliger Teig entsteht.

3 Zucker und Vanillearoma zugeben und von Hand zu einem festen Teig verarbeiten.

4 Auf einer leicht bemehlten Arbeitsfläche 2½ cm dick ausrollen und etwa zwölf 5 cm große Herzen ausstechen.

5 Die Herzen auf das Backblech verteilen und bei 180 °C im vorgeheizten Backofen 15–20 Minuten goldbraun backen.

6 Die fertigen Vanilleherzen auf einem Rost abkühlen lassen. Kurz vor dem Servieren mit etwas Zucker bestreuen.

Vorspeisen & Snacks

Mit der Vielzahl frischer Zutaten, die uns zur Verfügung stehen, ist es ein Kinderspiel, originelle Köstlichkeiten als ideale Entrees zu jeder Mahlzeit zu zaubern. Dieses Kapitel bietet kreativen Köchen eine Vielzahl fantasievoller und appetitanregender Ideen, die die Vorfreude auf das Hauptgericht noch steigern. Bei der Auswahl einer Vorspeise sollten Sie auf eine ausgewogene Zusammenstellung von Aromen, Farben und Konsistenz achten, die Abwechslung und angenehme Kontraste bietet. Einem gehaltvollen Hauptgericht schickt man am besten eine leichte Vorspeise voraus, die den Gaumen anregt, ohne den Magen zu belasten.

Zwiebel-Mozzarella-Törtchen

Für 4 Personen

250 g Blätterteig

2 rote Zwiebeln, geschält

1 rote Paprika

8 Kirschtomaten, halbiert

100 g Mozzarella, gewürfelt

8 Thymianzweige

1 Den Blätterteig zu 4 Quadraten mit je 7–8 cm Seitenlänge ausrollen. Die Ränder mit einem Messer gerade abschneiden und die Reste zusammen mit den Quadraten 30 Minuten in den Kühlschrank stellen.

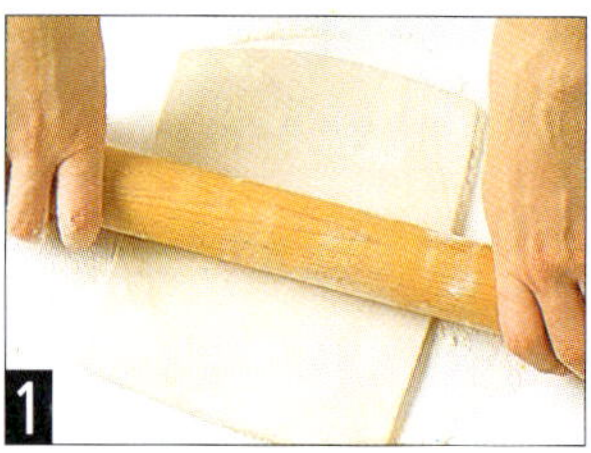

2 Die gekühlten Teigquadrate auf ein mit Backpapier ausgelegtes Backblech legen, die Ränder mit ein wenig Wasser bestreichen und mit den Teigresten einen kleinen erhöhten Rand um jedes Quadrat bilden.

3 Zwiebeln in Spalten schneiden, Paprika halbieren und entkernen.

4 Zwiebeln und Paprika etwa 15 Minuten unter einen vorgeheizten Grill legen, bis ihre Haut stellenweise schwarz geworden ist.

5 Die Paprika abkühlen lassen. Dann häuten und in Streifen schneiden.

6 Die Teigquadrate mit Alufolie bedecken und 10 Minuten bei 200 °C im vorgeheizten Backofen vorbacken. Dann die Folie entfernen und die Teigstücke weitere 5 Minuten backen.

7 Zwiebeln, Paprikastreifen, Tomaten und Mozarella auf die vorgebackenen Quadrate verteilen und mit Thymianzweigen belegen.

8 Die Törtchen für weitere 15 Minuten in den Ofen geben und goldbraun backen.

Auberginen-Tomaten-Gratin

Für 4 Personen

3–4 EL Olivenöl
2 Knoblauchzehen, zerdrückt
2 große Auberginen
100 g Mozzarella, in dünne Scheiben geschnitten
200 g passierte Tomaten
50 g frisch geriebener Parmesan

1 In einer großen Pfanne 2 Esslöffel Öl erhitzen. Den Knoblauch zufügen und 30 Sekunden anbraten.

2 Die Auberginen längs in etwa 1 cm dicke Scheiben schneiden, portionsweise in die Pfanne geben und unter allmählicher Zugabe des restlichen Öls von jeder Seite 3–4 Minuten braten.

3 Aus der Pfanne heben und auf Küchenpapier abtropfen lassen.

4 In eine tiefe Auflaufform 1 Schicht Auberginen geben, mit 1 Schicht Mozzarella belegen und einen Teil der Tomaten darüber gießen. Den Vorgang so lange wiederholen, bis das gesamte

2

2

4

Gemüse und der Käse verbraucht sind Abschließend eine letzte Schicht passierte Tomaten darüber gießen.

5 Das geschichtete Gemüse mit dem Parmesan bestreuen und bei 200 °C 30 Minuten im vorgeheizten Backofen garen.

6 Das Auberginen-Tomaten-Gratin auf Teller verteilen und heiß oder kalt servieren.

Fenchelgratin

Für 4 Personen

2 Fenchelknollen

2 Selleriestangen, in 8 cm langen Stücken

6 sonnengetrocknete Tomaten, halbiert

200 ml passierte Tomaten

2 TL getrockneter Oregano

Salz und Pfeffer

50 g frisch geriebener Parmesan

1 Die Fenchelknollen waschen. Grün, Stängel und Wurzelansatz abschneiden und die angetrockneten Schuppenblätter entfernen. Vierteln.

2 Wasser in einem großen Topf aufkochen, Fenchel und Sellerie darin 8–10 Minuten kochen. Aus dem Topf nehmen und abtropfen lassen.

3 Das Gemüse mit den Tomaten in eine feuerfeste Form geben.

4 Die passierten Tomaten und den Oregano auf dem Gemüse verteilen und mit Salz und Pfeffer abschmecken.

5 Das Gratin mit Parmesan bestreuen und bei 190 °C im vorgeheizten Backofen 20 Minuten backen. Das fertige Gericht als Beilage oder mit etwas Brot als Vorspeise servieren.

Käse-Zwiebel-Pasteten

Für 4 Personen

FÜLLUNG

3 EL Pflanzenöl

4 Zwiebeln, geschält und in Ringen

4 Knoblauchzehen, zerdrückt

4 EL frisch gehackte Petersilie

75 g reifer, herzhafter Käse, gerieben

Salz und Pfeffer

TEIG

175 g Mehl

½ TL Salz

100 g Butter, in kleinen Stücken

3–4 EL Wasser

TIPP

Die Füllung im Voraus zubereiten und im Kühlschrank lagern.

VARIATION

Das Aroma wird milder, wenn man rote oder weiße Zwiebeln verwendet und sie 5 Minuten vor Ende der Garzeit in Schritt 1 mit 1 Teelöffel Zucker bestreut.

1 Das Öl in einer Pfanne erhitzen. Zwiebeln und Knoblauch darin 10–15 Minuten weich dünsten. Die Pfanne vom Herd nehmen, Petersilie und Käse zugeben und mit Salz und Pfeffer würzen.

2 Für den Teig Mehl und Salz in eine große Schüssel sieben. Die Butter mit den Fingern in der Mehlmischung verreiben, bis ein krümeliger Teig entsteht. Wasser zugeben und gut unterrühren.

3 Den fertigen Teig auf einer leicht bemehlten Arbeitsfläche ausroller und in 8 Stücke teilen.

4 Die Teigstücke zu Scheiben von etwa 10 cm Ø ausrollen. 4 diese Scheiben in 4 kleine Tortelettformen einpassen.

5 Jeweils 1 Viertel der Zwiebelmasse in die Törtchen füllen. Mit den restlichen 4 Teigscheiben abdecken, d Oberfläche einmal einritzen und die Teigränder zusammendrücken.

6 Die fertigen Pasteten bei 220 °C im vorgeheizten Backofen 20 Minuten backen und heiß oder kalt servieren.

Gefüllte Tomaten

Für 6 Personen

6 große feste Tomaten
50 g Butter
5 EL Öl
1 Zwiebel, fein gehackt
1 TL Pfeffer
1 TL Salz
1 TL gehackte Ingwerwurzel
1 große Knoblauchzehe, zerdrückt
½ TL Garam Masala
500 g Lammhack
1 grüne Chili, gehackt
frische Korianderblätter, gehackt

1 Den Tomaten am Stielansatz einen Deckel abschneiden. Das Fruchtfleisch entnehmen. Eine Auflaufform mit der Butter einfetten. Die Tomaten in die Form setzen.

2 Öl in einer Pfanne erhitzen. Die Zwiebel darin goldbraun braten.

3 Hitze reduzieren und Pfeffer, Salz, Ingwer, Knoblauch und Garam Masala zugeben. Die Mischung 3–5 Minuten anbraten.

4 Lammhack zufügen und 10–15 Minuten anbraten.

5 Chili und Korianderblätter unterrühren und weitere 3–5 Minuten garen.

6 Die Lammfleisch-Mischung in die Tomaten füllen, die Deckel wieder aufsetzen und bei 180 °C im vorgeheizten Backofen 15–20 Minuten backen.

7 Die Tomaten auf einem Servierteller angerichtet heiß servieren.

Tomaten mit Nudelfüllung

Für 8 Personen

5 EL Olivenöl
8 Fleischtomaten
125 g Ditalini oder andere kleine Nudeln
8 schwarze Oliven, entsteint und fein gehackt
2 EL frisch gehacktes Basilikum
1 EL frisch gehackte Petersilie
60 g frisch geriebener Parmesan
Salz und Pfeffer
frische Basilikumzweige, zum Garnieren

2

5

1 Ein Backblech mit Olivenöl einfetten. Deckel von den Tomaten abschneiden. Bleiben die Tomaten nicht stehen, eine dünne Scheibe von der Unterseite abschneiden.

2 Das Fruchtfleisch in ein Sieb löffeln, ohne die Schale zu verletzen. Die ausgehöhlten Tomaten umdrehen, trocken tupfen und zum Abtropfen beiseite stellen.

3 Salzwasser in einem großen Topf zum Kochen bringen. Die Nudeln darin mit 1 Esslöffel Öl bissfest kochen. Abgießen und beiseite stellen.

4 Oliven, Basilikum, Petersilie und Parmesan in einer Rührschüssel mit dem Tomatenfleisch verrühren. Die Nudeln und das restliche Olivenöl einrühren. Abschmecken.

5 Die Nudelmischung in die Tomaten geben und die Deckel aufsetzen. Auf einem Backblech 15–20 Minuten im vorgeheizten Backofen bei 190 °C backen.

6 Aus dem Ofen nehmen und abkühlen lassen, bis die Tomaten zimmerwarm sind.

7 Auf einem Servierteller anrichten, mit Basilikum garniert servieren.

Mexikanische Pizza

Für 4 Personen

4 fertige Portions-Pizzaböden
1 EL Olivenöl
200 g Pizzatomaten aus der Dose
2 EL Tomatenmark
200 g Kidneybohnen aus der Dose, abgetropft und abgespült
120 g Maiskörner
1–2 TL Chilisauce
Salz und Pfeffer
1 große rote Zwiebel, in Ringen
100 g Hartkäse, gerieben
1 große grüne Chili, entkernt und in Ringen

1 Die fertigen Pizzaböden auf ein Backblech legen und leicht mit Öl einpinseln.

2 In einer Schüssel Tomaten, Tomatenmark, Kidneybohnen und Mais vermengen, mit Chilisauce, Salz und Pfeffer abschmecken.

3 Die Mischung gleichmäßig auf die Pizzaböden verteilen.

4 Mit einigen Zwiebelringen belegen und mit geriebenem Käse bestreuen. Mit Chiliringen dekorieren.

5 Die Pizzen bei 220 °C 20 Minuten backen, bis das Gemüse weich ist, der Käse schmilzt und der Teigrand knusprig und goldbraun ist.

6 Vom Backblech nehmen und auf Tellern anrichten. Sofort servieren.

TIPP

Für einen fettarmen mexikanischen Salat richten Sie Tomatenscheiben, frische Korianderblätter und wenige Scheiben einer reifen Avocado auf Tellern an. Mit frischem Limettensaft und grobem Salz bestreuen.

Mini-Pizza

Ergibt 8 Stück

PIZZATEIG
2 TL Trockenhefe
1 TL Zucker
250 ml lauwarmes Wasser
350 g Mehl
1 TL Salz
1 EL Olivenöl

BELAG
2 Zucchini
100 ml passierte Tomaten
75 g Pancetta, gewürfelt
50 g schwarze Oliven, entsteint und grob gehackt
Salz und Pfeffer
1 EL getrocknete italienische Kräuter (Majoran, Basilikum, Oregano, Thymian)
2 EL Olivenöl

1 Hefe und Zucker in einen Messbecher geben, mit 50 ml Wasser auffüllen und 15 Minuten gehen lassen, bis die Mischung schäumt.

2 Mehl mit Salz in einer Schüssel vermengen. In eine Vertiefung in der Mitte Öl, die angerührte Hefe und das restliche Wasser zugießen und zu einem festen Teig verrühren.

3 Den Teig auf einer bemehlten Arbeitsfläche 4–5 Minuten glatt kneten. Zurück in die Schüssel geben und mit eingefetteter Frischhaltefolie abgedeckt 30 Minuten gehen lassen, bis sich sein Volumen verdoppelt hat.

4 Den aufgegangenen Teig nochmals 2 Minuten durchkneten und zu 8 gleich großen Kugeln formen. Jede dieser Kugeln zu dünnen Scheiben ausrollen und auf ein eingefettetes Backblech legen. Der Teig sollte nicht dicker als 5 mm sein, da er beim Backen noch aufgeht.

5 Für den Belag die Zucchini in eine Schüssel fein reiben. Auf Küchenpapier legen, 10 Minuten stehen lassen, um das austretende Wasser aufzufangen.

4

6

6 Je 2–3 Teelöffel passierte Tomaten auf 1 Pizzateigscheibe geben. Dann Zucchini, Pancetta und Oliven darauf verteilen. Mit Salz, frisch gemahlenem schwarzem Pfeffer und den italienischen Kräutern bestreuen und mit Olivenöl beträufeln.

7 Die Minipizzen bei 200 °C im vorgeheizten Backofen 15 Minuten goldbraun und knusprig backen. Eventuell nachwürzen und heiß servieren.

Käse-Schinken-Törtchen

Für 4 Personen

250 g fertiger Mürbeteig, gut gekühlt
2 EL Butter
1 rote Zwiebel, gehackt
1 Knoblauchzehe, zerdrückt
2 EL Weizenmehl
300 ml Milch
Salz und Pfeffer
50 g frisch geriebener Parmesan, plus etwas mehr, zum Garnieren
2 Eier, hart gekocht und geviertelt
100 g italienische Wurst aus Schweinefleisch, z. B. Salami Felino, in Streifen geschnitten
frischer Thymian, zum Garnieren

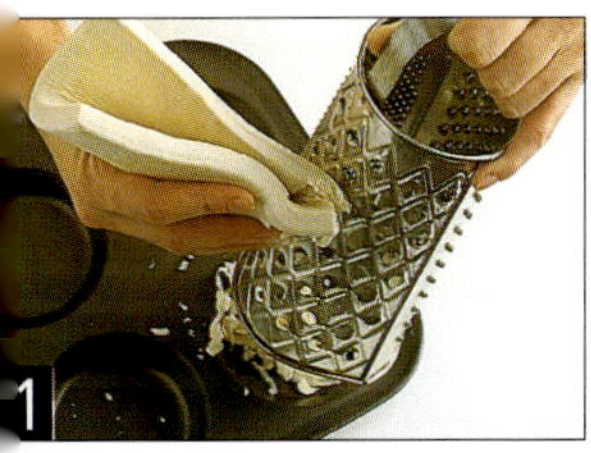

1 Den kalten Teig grob raspeln und auf 4 Torteletttförmchen verteilen. Die Teigraspeln mit einer bemehlten Gabel leicht in die Förmchen drücken.

2 Den Teig mit Alufolie bedecken und bei 220 °C im vorgeheizten Backofen 10 Minuten vorbacken. Dann die Hitze auf 200 °C reduzieren, die Folie entfernen und die Törtchen weitere 15 Minuten goldbraun backen.

3 Butter in einer Pfanne zerlassen, Zwiebel und Knoblauch darin 5–6 Minuten weich dünsten.

4 Das Mehl zugeben und gut mit der Zwiebelmischung vermengen. Nach und nach die Milch einrühren, bis eine dickflüssige Sauce entsteht.

5 Die Sauce mit Salz und Pfeffer abschmecken, dann den Parmesan einstreuen. Nicht mehr erhitzen, da sie sonst Fäden zieht.

6 Die fertige Sauce auf die vorgebackenen Törtchen verteilen und mit je 2 Eiervierteln und einigen Wurststreifen belegen.

7 Etwas Parmesan darüber streuen und die Törtchen noch einmal 5 Minuten im Ofen erhitzen.

8 Die Törtchen mit frischem Thymian garnieren und sofort servieren.

Gnocchi romana

Für 4 Personen

700 ml Milch
1 Prise frisch geriebene Muskatnuss
100 g Butter
Salz und Pfeffer
250 g Weizengrieß
125 g frisch geriebener Parmesan
2 Eier, verquirlt
60 g Greyerzer, gerieben
frische Basilikumzweige, zum Garnieren

1 Die Milch in einem Topf aufkochen. Vom Herd nehmen und Muskat, 1 Esslöffel Butter, Salz und Pfeffer nach Geschmack einrühren.

2 Den Grieß unter ständigem Rühren in die Milch streuen, um Klümpchenbildung zu verhindern, und bei schwacher Hitze unter ständigem Rühren 10 Minuten köcheln, bis die Milch eindickt.

3 Die Hälfte des Parmesans unter den Grießteig rühren, dann die Eier zugeben und vermengen. Die Mischung einige Minuten leicht abkühlen lassen.

4 Den Grießteig in einer 1 cm dicken Schicht auf einen Bogen Backpapier oder ein großes eingeöltes Backblech streichen. Vollständig abkühlen lassen, dann für 1 Stunde in den Kühlschrank stellen.

5 Aus dem Grießteig Gnocchischeiben mit einem Durchmesser von 4 cm ausstechen.

6 Eine flache Auflaufform einfetten und den Boden mit den Teigresten auslegen. Die Gnocchi überlappend darauf verteilen.

7 Die restliche Butter zerlassen und über die Gnocchi träufeln. Mit dem restlichen Parmesan, dann mit dem Greyerzer bestreuen.

8 Im vorgeheizten Backofen 25–30 Minuten bei 200 °C backen, bis die Oberfläche knusprig und goldbraun ist. Die Gnocchi mit Basilikum garnieren und servieren.

2

5

7

Spinat-Ricotta-Muscheln

Für 4 Personen

400 g Lumache rigate grande

5 EL Olivenöl

60 g frische weiße Semmelbrösel

125 ml Milch

300 g Spinat

250 g Ricotta

1 Prise frisch geriebene Muskatnuss

Salz und Pfeffer

400 g Tomaten aus der Dose, abgetropft und gehackt

1 Knoblauchzehe, zerdrückt

1 Salzwasser in einem großen Topf aufkochen. Die Lumache darin mit 1 Esslöffel Öl bissfest kochen. Abgießen, unter kaltem Wasser abschrecken und beiseite stellen.

2 Semmelbrösel, Milch und 3 Esslöffel Olivenöl im Mixer verrühren.

3 Spinat und Ricotta zugeben und glatt pürieren. In eine Schüssel geben, Muskat einrühren und mit Salz und Pfeffer abschmecken.

4 Tomaten, Knoblauch und das restliche Öl mischen und auf den Boden einer Auflaufform geben.

5 Die Lumache mithilfe eines Teelöffels mit der Spinatmischung füllen und auf die Tomatensauce setzen. Abdecken und 20 Minuten im vorgeheizten Backofen bei 180 °C backen. Heiß servieren.

Dreifarbige Timballini

Für 4 Personen

60 g Semmelbrösel
200 g dreifarbige Spaghetti, in 5 cm lange Stücke gebrochen
3 EL Olivenöl
1 Eigelb
125 g Greyerzer, gerieben
300 ml Béchamel-Sauce (siehe S. 206)
1 Zwiebel, fein gehackt
1 Lorbeerblatt
150 ml trockener Weißwein
150 ml passierte Tomaten
1 EL Tomatenmark
Salz und Pfeffer
frische Basilikumblätter, zum Garnieren

1 Vier 180-ml-Ramequin-Förmchen einfetten. Gleichmäßig mit der Hälfte der Semmelbrösel ausstreuen.

2 Die Spaghetti mit 1 Esslöffel Öl in Salzwasser bissfest kochen. Abtropfen lassen und in eine Rührschüssel geben. Eigelb und Käse zu den Nudeln geben und abschmecken.

3 Die Béchamel-Sauce zugeben und vermengen. Nudeln in die Förmchen geben und mit den übrigen Semmelbröseln bestreuen.

4 Die Förmchen auf ein Backblech setzen und 20 Minuten im vorgeheizten Backofen bei 220 °C überbacken. 10 Minuten beiseite stellen.

5 Das restliche Öl für die Sauce in einem Topf erhitzen und Zwiebel und Lorbeerblatt darin 2–3 Minuten leicht anbraten.

6 Wein, passierte Tomaten und Tomatenmark einrühren, mit Salz und Pfeffer abschmecken und 20 Minuten köcheln, bis die Sauce eindickt. Das Lorbeerblatt entfernen.

7 Die Timballini auf Teller verteilen, mit Basilikumblättern garnieren und mit Tomatensauce servieren.

Drei-Käse-Auflauf

Für 4 Personen

etwas Butter, zum Einfetten

400 g Penne

1 EL Olivenöl

2 Eier, verquirlt

350 g Ricotta

Salz und schwarzer Pfeffer

4 frische Basilikumzweige, plus etwas mehr, zum Garnieren (nach Belieben)

100 g Mozzarella, gerieben

70 g frisch geriebener Parmesan

VARIATION

Ersetzen Sie Mozzarella durch geräucherten bayerischen Käse und Parmesan durch geriebenen Cheddar. So erhält der Käseauflauf einen anderen, ebenso leckeren Geschmack.

1 Eine feuerfeste Form mit etwas Butter leicht einfetten.

2 Salzwasser in einem großen Topf aufkochen. Penne darin mit Olivenöl bissfest kochen. Abgießen und warm stellen.

3 Die Eier mit Ricotta verrühren und mit Salz und Pfeffer abschmecken.

4 Die Hälfte der Penne in der Form verteilen und mit der Hälfte der Basilikumblätter bedecken.

5 Die Hälfte der Ricottamischung darüber geben. Mit Mozzarella bestreuen und mit dem restlichen Basilikum belegen. Mit den übrigen Penne bedecken und die restliche Ricottamischung darüber geben. Dünn mit geriebenem Parmesan bestreuen.

6 Im vorgeheizten Backofen 30–40 Minuten bei 190 °C backen, bis der Käse goldbraun ist und Blasen wirft. Nach Belieben mit Basilikumblättern garnieren und heiß servieren.

Makkaroniauflauf

Für 4 Personen

500 g kurze Makkaroni
1 EL Olivenöl
60 g Bratfett
500 g Kartoffeln, in dünne Scheiben geschnitten, vorgegart
400 g Zwiebeln, in Streifen geschnitten
250 g Mozzarella, gerieben
Salz und Pfeffer
150 g Schlagsahne
ofenfrisches Brot und Butter, zum Servieren

VARIATION

Um einen intensiveren Geschmack zu erhalten, Mozzarella durch Emmentaler oder Greyerzer ersetzen.

1 Salzwasser in einem großen Topf aufkochen. Makkaroni mit Olivenöl darin bissfest kochen. Gut abtropfen lassen und beiseite stellen.

2 Das Fett in einer großen Auflaufform zerlassen, dann vom Herd nehmen.

3 Kartoffeln, Zwiebeln, Makkaroni und Käse in die Form schichten und jede Schicht mit Salz und Pfeffer abschmecken. Mit 1 Schicht Käse abschließen und mit Sahne begießen.

4 Im vorgeheizten Backofen 25 Minuten bei 200 °C backen, dann die Oberfläche unter dem heißen Backofengrill bräunen.

5 Den Auflauf in der Form servierer und als Hauptgericht mit ofenfrischem Brot und Butter oder alternati als Beilage zu einem Fleischgericht reichen.

Pancetta-Pecorino-Happen

Für 4 Personen

100 g Pancetta ohne Schwarte
250 g Mehl
2 TL Backpulver
Salz
2 EL Butter
75 g Pecorino, gerieben
150 ml Milch, plus etwas mehr, zum Glasieren
1 EL Tomatenketchup
1 TL Worcestersauce
400 g Farfalle
1 EL Olivenöl
Salz und Pfeffer
3 EL Pesto (s. S. 7) oder Anchovispaste (nach Belieben) und grüner Salat, zum Servieren

1 Ein Backblech einfetten. Die Pancetta unter dem Grill braten, dann abkühlen lassen und fein hacken.

2 Mehl, Backpulver und 1 Prise Salz in eine Schüssel sieben. Die Butter mit den Fingerspitzen einkneten, dann Pancetta und ein Drittel des Käses zugeben.

3 Milch, Ketchup und Worcestersauce mischen, zum Mehl geben und zu einem weichen Teig verkneten.

4 Den Teig auf einer bemehlten Arbeitsfläche zu einer Scheibe von 18 cm Ø ausrollen. Mit Milch bestreichen und in 8 Ecken schneiden.

5 Die Teigecken auf dem Backblech verteilen und mit dem restlichen Käse bestreuen. 20 Minuten im vorgeheizten Backofen bei 200 °C backen.

6 Salzwasser in einem großen Topf zum Kochen bringen. Die Farfalle darin mit Öl bissfest kochen. Abgießen und in eine Schüssel geben. Mit den Happen belegen und mit einer Sauce nach Belieben und einem grünen Salat servieren.

4

5

Knoblauch-Pinien-Törtchen

Für 4 Personen

4 Scheiben dunkles Brot
50 g Pinienkerne
150 g Butter
5 Knoblauchzehen, geschält und halbiert
2 EL frisch gehackter Oregano
4 schwarze Oliven, halbiert
frischer Oregano, zum Garnieren

VARIATION

Statt des Brots kann man 200 g Blätterteig verwenden. Die ausgestochenen Scheiben 20 Minuten im Kühlschrank abkühlen, dann in die Torteletteformen einpassen, mit Alufolie abdecken und 10 Minuten vorbacken. Die Folie entfernen und den Teig weitere 3–4 Minuten backen, bis er eingefallen ist. Statt Brotresten Semmelbrösel verwenden.

1 Das Brot mit einem Nudelholz leicht flach walzen. Mit einer Ausstechform 4 Scheiben von mindestens 10 cm Ø ausstechen, die in Tortelettformen passen. Die Brotreste aufbewahren und mindestens 10 Minuten in den Kühlschrank legen.

1

2 Währenddessen die Pinienkerne auf einem Backblech unter dem vorgeheizten Grill 2–3 Minuten goldbraun rösten.

3 Brotreste, Pinienkerne, Butter, Knoblauch und Oregano in der Küchenmaschine oder dem Mörser zu einem grobkörnigen Teig verarbeiten.

3

4 Den Teig auf die in die Tortelettformen eingepassten Brotkreise geben und mit Oliven garnieren. Dann 10–15 Minuten bei 200 °C im vorgeheizten Backofen goldbraun backen.

4

5 Die fertigen Törtchen noch warm mit frischem Oregano garniert servieren.

Tarte Provençale

Für 6 Personen

200 g Blätterteig
3 EL Olivenöl
2 rote Paprika, entkernt und gewürfelt
2 grüne Paprika, entkernt und gewürfelt
150 g Schlagsahne
1 Ei
2 Zucchini, in Scheiben geschnitten
Salz und Pfeffer

1 Den Teig auf einer leicht bemehlten Arbeitsfläche ausrollen und in eine Springform mit 20 cm Ø einpassen. Anschließend 20 Minuten kalt stellen.

2 Währenddessen 2 Esslöffel Olivenöl in einer Pfanne erhitzen und die Paprika darin etwa 8 Minuten unter häufigem Rühren weich dünsten.

3 Sahne und Ei in einer Schüssel verquirlen. Mit Salz und Pfeffer würzen und die Paprika zugeben.

4 Das restliche Öl in der Pfanne erhitzen und die Zucchinischeiben darin 4–5 Minuten anbraten, bis sie leicht gebräunt sind.

5 Die Parikamischung in die Springform füllen.

6 Die Zucchinischeiben darauf anrichten.

7 Die Tarte bei 180 °C im vorgeheizten Backofen 35–40 Minuten backen, bis der Teig fest und goldbraun ist.

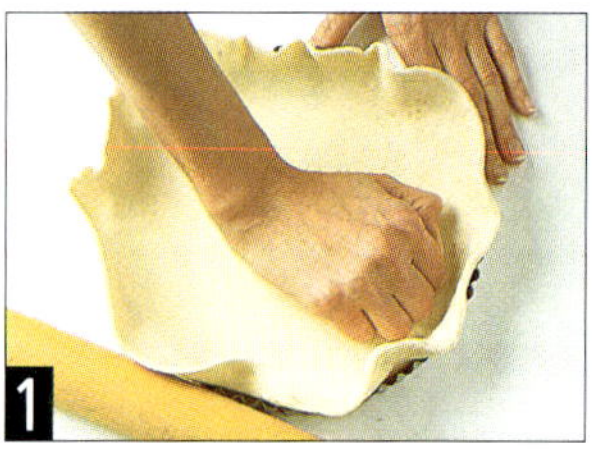
1

2

6

Tomatenschiffchen

Für 6 Personen

250 g Blätterteig
1 Ei, verquirlt
2 EL Pesto (s. S. 7)
6 Eiertomaten, in Scheiben geschnitten
Salz und Pfeffer
frische Thymianblätter, zum Garnieren (nach Belieben)

1 Den Teig auf einer leicht bemehlten Arbeitsfläche zu einem Rechteck von 30 cm x 25 cm ausrollen.

2 Das Rechteck halbieren und die Hälften in je 3 Stücke schneiden, sodass 6 gleich große Rechtecke entstehen. Im Kühlschrank für 20 Minuten kalt stellen.

3 Die Rechtecke rundum einkerben und die Ränder mit dem verquirlten Ei bestreichen.

4 Die Pesto-Sauce gleichmäßig auf die Teigstücke verteilen. Dabei einen Rand von $2\frac{1}{2}$ cm aussparen.

5 Die Tomatenscheiben mittig auf den Teigstücken anordnen.

6 Die Tomaten mit Salz und Pfeffer würzen und nach Belieben mit frischen Thymianblättern bestreuen.

7 Das Gebäck bei 200 °C im vorgeheizten Backofen 15–20 Minuten backen, bis es gut aufgegangen und goldbraun geworden ist.

8 Die fertigen Tomatenschiffchen auf vorgewärmte Teller geben und sofort servieren.

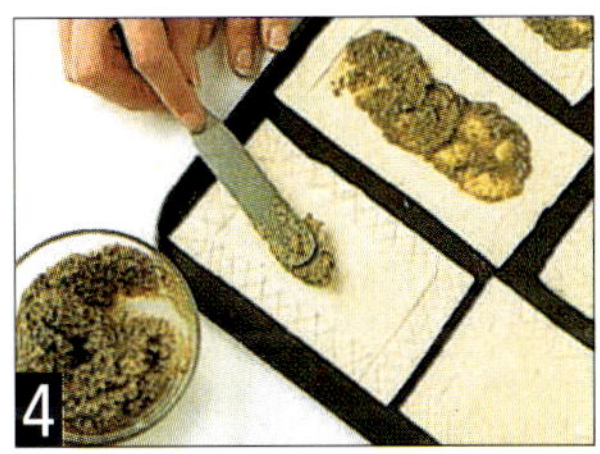

Nudelnester mit Gemüse

Für 4 Personen

200 g Spaghetti
7 EL Olivenöl
1 Aubergine, längs halbiert und in Scheiben geschnitten
1 Zucchini, gewürfelt
1 rote Paprika, entkernt und in Stücken
2 Knoblauchzehen, zerdrückt
4 EL Butter oder Margarine, zerlassen
1 EL Semmelbrösel
Salz und Pfeffer
Petersilienzweige, zum Garnieren

TIPP
Al dente bedeutet bissfest. Die Nudeln sollen zwar gar sein, aber noch Biss haben. Am besten stellt man die Uhr ein, wenn das Wasser wieder zu kochen beginnt und probiert eine Nudel schon 2 Minuten vor Ende der angegebenen Garzeit. Sofort abgießen, wenn die Nudeln gar sind, sonst werden sie zu weich.

1 Salzwasser in einem großen Topf zum Kochen bringen. Die Nudeln darin mit 1 Esslöffel Öl bissfest kochen. Abgießen, in den Topf zurückgeben und warm stellen.

2 Aubergine, Zucchini und Paprika auf einem Backblech verteilen.

3 Restliches Öl und Knoblauch verrühren und über das Gemüse gießen, gut unterrühren.

3

4 Das Gemüse unter dem vorgeheizten Grill ca. 10 Minuten grillen, dabei gelegentlich wenden, bis es gar und an den Rändern leicht gebräunt ist. Warm halten.

5 Die Spaghetti auf 4 leicht eingefettete große Puddingformen (oder kleine Backformen) verteilen und mit 2 Gabeln zu Nestern formen.

5

6 Die Nudelnester mit zerlassener Butter oder Margarine einpinseln und die Semmelbrösel darüber streuen. Im vorgeheizten Backofen bei 200 °C 15 Minuten goldgelb backen. Die Nester aus der Form nehmen, auf Tellern anrichten und mit dem Gemüse füllen. Mit Salz und Pfeffer abschmecken, mit Petersilie garnieren und sofort servieren.

6

Käse-Zwiebel-Küchlein

Ergibt 12 Küchlein

TEIG

100 g Mehl

1/4 TL Salz

75 g Butter, in kleinen Stücken

1–2 EL Wasser

FÜLLUNG

1 Ei, verquirlt

100 g Schlagsahne

50 g Red-Leicester-Käse, ersatzweise alter Gouda, gerieben

3 Frühlingszwiebeln, fein gehackt

Salz

Cayennepfeffer

1 Für den Teig Mehl und Salz in eine große Schüssel sieben. Die Butter mit den Fingern darin verreiben, bis ein krümeliger Teig entsteht. Wasser zugießen und zu einer Teigkugel formen. Abdecken und 30 Minuten im Kühlschrank ruhen lassen.

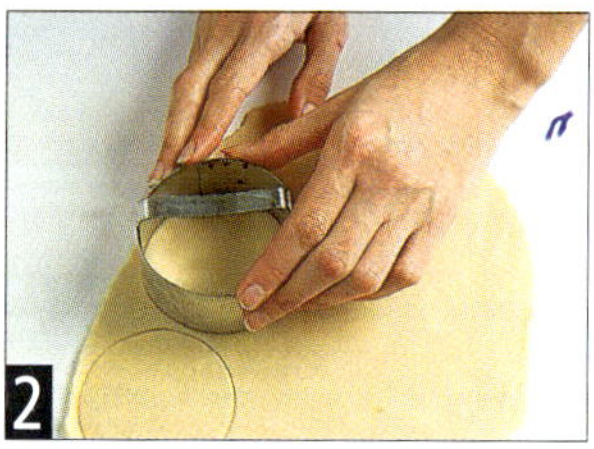

2

2 Den Teig auf einer leicht bemehlten Arbeitsfläche ausrollen. 12 Scheiben mit 7 1/2 cm Ø ausstechen und in ein Pastetenblech legen.

3

3 Für die Füllung Ei, Sahne, Käse, und Frühlingszwiebeln in einer Rührschüssel verquirlen und mit Salz und Cayennepfeffer würzen.

4 Die Mischung auf die Förmchen verteilen und diese bei 180 °C im vorgeheizten Backofen 20–25 Minuten backen, bis die Füllung stockt. Warm oder kalt servieren.

Schinken-Käse-Taschen

Ergibt 6 Stück

250 g Blätterteig

50 g gekochter Schinken, gewürfelt

125 g Frischkäse

2 EL frisch gehackter Schnittlauch

Pfeffer

1 Ei, verquirlt

2 EL geriebener Parmesan

1 Den Teig auf einer leicht bemehlten Arbeitsfläche ausrollen und zu 12 Rechtecken von 15 cm x 5 cm zurechtschneiden.

2 Die Teigstreifen auf ein eingefettetes Backblech legen und 30 Minuten kalt stellen.

3 Schinken, Käse und Schnittlauch in einer kleinen Schüssel mischen und mit Pfeffer würzen.

4 Sechs Teigstreifen mit der Schinken-Käse-Mischung bestreichen. Dabei rundum einen Rand von 1 cm lassen und diesen mit dem Ei bestreichen.

5 Für das Gittermuster die restlichen Teigstreifen der Länge nach zusammenfalten und an der Faltkante mehrmals einschneiden. Dabei einen Rand von etwa 1 cm stehen lassen.

3

4

5

6 Die eingeschnittenen Teigstreifen aufklappen und über die belegten Streifen legen. Die Teigränder gut zusammendrücken und alle Gebäckstücke mit Parmesan bestreuen.

7 Die Taschen bei 180 °C im vorgeheizten Backofen 15–20 Minuten backen, dann heiß oder kalt servieren.

Pissaladière

Für 8 Personen

etwas Butter, zum Einfetten
4 EL Olivenöl
700 g rote Zwiebeln, in Ringen
2 Knoblauchzehen
2 TL feiner Zucker
2 EL Rotweinessig
350 g Blätterteig
Salz und Pfeffer

BELAG

100 g Sardellenfilets
12 grüne Oliven, entsteint
1 TL getrockneter Majoran

VARIATION

Für einen Partysnack die Pissaladière in kleine handliche Stücke schneiden.

1 Eine kleine Backform leicht einfetten. Olivenöl in einem großen Topf erhitzen. Zwiebeln und Knoblauch darin unter gelegentlichem Rühren bei geringer Hitze 30 Minuten dünsten.

2 Zucker und Rotweinessig zufügen und mit Salz und Pfeffer würzen.

3 Den Teig auf einer leicht bemehlten Arbeitsfläche ausrollen und in die vorbereitete Form einpassen.

4 Die Zwiebelmasse auf dem Teig verteilen.

5 Mit Sardellenfilets und Oliven belegen und mit Majoran bestreuen.

6 Den Kuchen bei 220 °C im vorgeheizten Backofen 20–25 Minuten leicht braun backen. Aus dem Ofen nehmen und sofort servieren.

Tomaten mit Thunfischfüllung

Für 4 Personen

4 Fleischtomaten
2 EL Tomatenmark
2 Eigelb
2 TL Zitronensaft
geriebene Schale von 1 Zitrone
4 EL Olivenöl
115 g Thunfisch aus der Dose, abgetropft
2 EL Kapern, abgespült
Salz und Pfeffer
2 sonnengetrocknete Tomaten in Öl, abgetropft und in Streifen, und Basilikumblätter, zum Garnieren

1 Tomaten quer halbieren und entkernen. Tomatenmark in die Tomatenhälften verteilen und auf den Innenwänden verstreichen.

2 Auf einem Backblech bei 200 °C im vorgeheizten Backofen 12–15 Minuten backen. Abkühlen lassen.

3 Inzwischen Eigelb, Zitronensaft und Zitronenschale mit dem Handrührgerät zu einer glatten Masse verarbeiten. Unter Rühren nach und nach das Olivenöl zugeben, bis eine dickflüssige Mayonnaise entsteht. Oder die Mischung mit dem Schneebesen bis zum Eindicken schlagen.

4 Thunfisch und Kapern zur Mayonnaise geben, gut untermengen, mit Salz und Pfeffer abschmecken.

5 Mayonnaisemischung in die Tomaten verteilen, mit Tomatenstreifen und Basilikumblättern garnieren. Einige Minuten im heißen Ofen erwärmen oder gekühlt servieren.

1

3

Rigatoni mit Thunfischfüllung

Für 4 Personen

etwas Butter, zum Einfetten
500 g Rigatoni
1 EL Olivenöl
200 g Thunfisch aus der Dose, abgetropft
250 g Ricotta
125 g Schlagsahne
200 g frisch geriebener Parmesan
Salz und Pfeffer
125 g sonnengetrocknete Tomaten in Öl, abgetropft und in Streifen geschnitten

VARIATION

Für die vegetarische Version ersetzen Sie den Thunfisch durch entsteinte und gehackte schwarze Oliven und gehackte Walnüsse.

1 Eine feuerfeste Form leicht mit Butter einfetten.

2 Salzwasser in einem großen Topf aufkochen. Die Rigatoni darin mit Olivenöl bissfest kochen. Abgießen und zum Abkühlen beiseite stellen.

3 Thunfisch und Ricotta in einer Schüssel zu einer geschmeidigen Paste verrühren. Die Mischung in einen Spritzbeutel geben und die Rigatoni damit füllen. Die gefüllten Nudeln nebeneinander in die Form legen.

4 Für die Sauce Sahne und Parmesan mischen und mit Salz und Pfeffer abschmecken.

5 Die Sauce über die Rigatoni geben und mit den Tomatenstreifen kreuzförmig belegen. 20 Minuten im vorgeheizten Ofen bei 200 °C backen. Direkt aus der Form servieren.

Gebackene Meeresfrüchte

Für 4 Personen

600 g neue Kartoffeln
3 rote Zwiebeln, in Spalten
2 Zucchini, in Scheiben
8 Knoblauchzehen, geschält
2 Zitronen, in Spalten
4 Rosmarinzweige
4 EL Olivenöl
Salz und Pfeffer
350 g Riesengarnelen, mit Schale, vorzugsweise ungekocht
2 kleine Kalmare, in Ringen
4 Tomaten, geviertelt

VARIATION

Das Gericht kann auch mit 450 g verschiedener Kürbisarten oder Auberginen zubereitet werden.

1 Die Kartoffeln waschen, große Exemplare halbieren und mit Zwiebeln, Zucchini, Knoblauch, Zitronen und Rosmarin in einen flachen Bräter geben.

2 Mit Öl beträufeln und gut vermengen, damit das Gemüse rundum von Öl bedeckt ist. Abschmecken und unter gelegentlichem Wenden etwa 40 Minuten bei 200 °C im vorgeheizten Backofen backen, bis die Kartoffeln weich sind.

3 Dann Garnelen, Kalmare und Tomaten zugeben, mit Gemüse und Öl vermengen und weitere 10 Minuten backen, bis das Gemüse leicht angeröstet ist und die Garnelen sich rosa verfärben.

4 Das fertige Gericht auf Teller verteilen und heiß servieren.

Hauptgerichte

Dieses Kapitel präsentiert Ihnen eine Sammlung herzhafter Backrezepte, mit denen Sie zu jeder Jahreszeit exquisite Hauptmahlzeiten für den Mittag oder den Abend zubereiten können – Pasteten, Quiches, Soufflés, Aufläufe, Gemüsekuchen, Pizzen, Braten und viele andere pikante Köstlichkeiten aus dem Ofen. Zur riesigen Auswahl gehören Käseauflauf, Tarte Tatin mit roten Zwiebeln und Spargel-Ziegenkäse-Kuchen ebenso wie zahlreiche Delikatessen für Fischfans, etwa Räucherfischpastete, Gebackene Sardinen oder Rotbarschfilet mit Vermicelli, und exquisite Fleisch- und Geflügelkreationen wie Mariniertes Schweinefilet, Fruchtiger Lammtopf oder Mediterrane Hähnchenfilets.

Vermicelli-Torte mit Champignons

Für 4 Personen

250 g Vermicelli oder Spaghetti
1 EL Olivenöl
60 g Butter
Salz und Pfeffer
60 g Butter
1 Zwiebel, gehackt
150 g kleine Champignons, geputzt
1 grüne Paprika, entkernt und in dünnen Ringen
150 ml Milch
3 Eier, leicht verquirlt
2 EL Schlagsahne
1 TL getrockneter Oregano
1 Prise frisch geriebene Muskatnuss
Salz und Pfeffer
1 EL frisch geriebener Parmesan
Tomaten-Basilikum-Salat, zum Servieren (nach Belieben)

1 Eine Springform (20 cm Ø) großzügig einfetten.

2 Salzwasser in einem großen Topf zum Kochen bringen. Die Nudeln darin mit dem Olivenöl bissfest kochen. Abtropfen lassen, zurück in den Topf geben, 2 Esslöffel Butter zufügen und sorgfältig mischen. Mit Salz und Pfeffer abschmecken.

3 Die Nudeln auf Boden und an den Wänden der Form verteilen.

4 Die Butter in einer Pfanne zerlassen, Zwiebel darin glasig dünsten, herausnehmen und über den Nudeln verteilen.

5 Champignons und Paprika in die Pfanne geben, gleichmäßig im Fett wenden und 2 Minuten von allen Seiten anbraten. Dann ebenfalls in die Form geben und gleichmäßig andrücken.

6 Milch, Eier und Sahne verrühren, Oregano zufügen und mit Muskat, Salz und Pfeffer abschmecken. Die Mischung über das Gemüse geben und mit Parmesan bestreuen.

7 Die Nudeltorte im vorgeheizten Backofen bei 180 °C 40–45 Minuten backen, bis sie fest ist.

8 Auf einen Servierteller geben und warm mit Tomaten-Basilikum-Salat servieren.

Spargel-Ziegenkäse-Quiche

Für 6 Personen

250 g Mürbeteig

250 g grüner Spargel

1 EL Pflanzenöl

1 rote Zwiebel, fein gehackt

25 g Haselnüsse, gehackt

200 g Ziegenkäse

2 Eier, verquirlt

4 EL Schlagsahne

Salz und Pfeffer

1 Den Teig auf einer leicht bemehlten Arbeitsfläche ausrollen, in eine Springform von 24 cm Ø einpassen, mit einer Gabel einstechen und 30 Minuten kalt stellen.

2 Den Teig mit Backpapier und Backbohnen bedecken und bei 190 °C im vorgeheizten Backofen 15 Minuten blind backen.

3 Papier und Bohnen entfernen und den Teig weitere 15 Minuten backen.

4 Spargelenden falls nötig schälen, den Spargel in kochendem Wasser 2–3 Minuten blanchieren, abtropfen lassen und in mundgerechte Stücke schneiden.

5 Das Öl in einem kleinen Topf erhitzen. Die Zwiebel darin weich dünsten und mit dem Spargel und den Haselnüssen auf dem Teig verteilen.

6 Käse, Eier und Sahne zu einer weichen Masse verrühren. Mit Salz und Pfeffer würzen und über die Spargelmischung gießen.

7 Die Quiche 15–20 Minuten backen, bis die Käsemischung stockt. Anschließend warm oder kalt servieren.

VARIATION

Statt der Nüsse kann man auch Parmesan verwenden, den man vor dem Backen über die Quiche streut.

Käseauflauf

Für 4 Personen

etwas Butter, zum Einfetten
150 g frische Semmelbrösel
100 g Greyerzer, gerieben
150 ml lauwarme Milch
125 g Butter, zerlassen
2 Eier, getrennt
2 EL frisch gehackte Petersilie
Salz und Pfeffer
grüner Salat, zum Servieren

1 Eine Auflaufform (ca. 1 l Inhalt) mit Butter einfetten.

2 Die Semmelbrösel und den Käse in einer Schüssel mischen. Die Milch unterrühren. Butter, Eigelb und Petersilie zufügen. Mit Salz und Pfeffer abschmecken und gut vermengen.

3 Das Eiweiß steif schlagen und unter die Käsemischung heben.

4 Den Teig in die Backform füllen und glatt streichen.

5 Den Auflauf bei 190 °C im vorgeheizten Backofen 45 Minuten goldbraun backen, bis er leicht aufgegangen ist und ein in die Mitte gestochener Metallspieß teigfrei bleibt.

6 Den fertigen Auflauf heiß mit einem grünen Salat servieren.

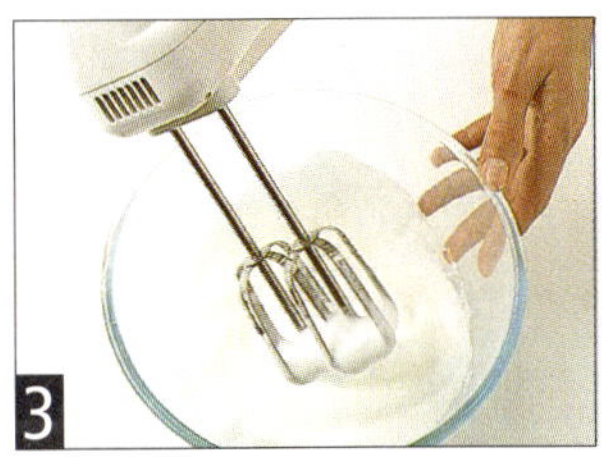

Tarte Tatin mit roten Zwiebeln

Für 4 Personen

50 g Butter

25 g Zucker

500 g rote Zwiebeln, geschält und geviertelt

3 EL Rotweinessig

2 EL frische Thymianblätter

250 g Blätterteig

Salz und Pfeffer

VARIATION

Statt der geviertelten roten Zwiebeln ganze Schalotten verwenden.

TIPP

Eine schwere gusseiserne Pfanne ist für dieses Rezept am geeignetsten, weil sie die Hitze gleichmäßig verteilt, sodass die Zwiebeln nicht am Boden kleben.

1 Butter und Zucker bei mittlerer Hitze in einer ofenfesten Pfanne mit etwa 24 cm Ø schmelzen.

2 Die Zwiebeln darin bei geringer Hitze 10–15 Minuten weich dünsten. Dabei gelegentlich umrühren.

2

3 Essig und Thymian zufügen. Mit Salz und Pfeffer würzen und bei mittlerer Hitze so lange weiterköcheln, bis die Flüssigkeit eingekocht ist und die Zwiebeln ganz mit der Buttersauce überzogen sind.

3

4 Den Blätterteig zu einer runden Scheibe ausrollen, die etwas größer als die Pfanne ist.

5 Die Scheibe auf die Zwiebelmischung legen, andrücken und die Ränder einschlagen.

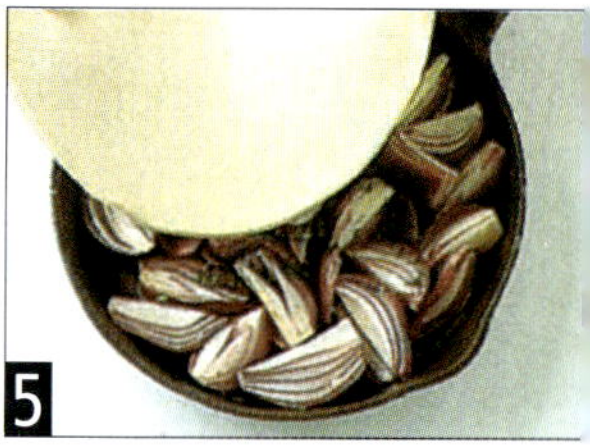
5

6 Die Tarte bei 180 °C im vorgeheizten Backofen 20–25 Minuten backen. Anschließend 10 Minuten ruhen lassen.

7 Einen großen Teller auf die Pfanne legen und die Tarte vorsichtig darauf stürzen. Warm servieren.

Sellerie-Zwiebel-Pasteten

Ergibt 12 Stück

TEIG

125 g Mehl

½ TL Salz

25 g Butter, in kleinen Stücken

25 g reifer herzhafter Käse, gerieben

3–4 EL Wasser

FÜLLUNG

50 g Butter

125 g Sellerie, fein gehackt

2 Knoblauchzehen, zerdrückt

1 kleine Zwiebel, fein gehackt

1 EL Mehl

50 ml Milch

Salz

1 Prise Cayennepfeffer

1 Für die Füllung die Butter zerlassen. Sellerie, Knoblauch und Zwiebel 5 Minuten darin weich dünsten.

2 Die Mischung vom Herd nehmen. Erst das Mehl, dann die Milch einrühren und unter gelegentlichem Rühren bei geringer Hitze erneut erwärmen, bis die Mischung eindickt. Mit Salz und Cayennepfeffer würzen und abkühlen lassen.

3 Für den Teig Mehl und Salz in eine Schüssel sieben. Die Butter mit den Fingern darin verreiben. Käse und Wasser zugeben und zu einem glatten Teig verarbeiten.

2

5

4 Drei Viertel des Teigs ausrollen. 12 Scheiben von je 6 cm Ø ausstechen und in ein Pastetenblech legen.

5 Die Füllung gleichmäßig auf die Scheiben verteilen. Den restlichen Teig ausrollen, 12 Scheiben von je 5 cm Ø ausstechen und jeweils auf die Pastetenbasis legen. Die Teigränder gut zusammendrücken, die Oberfläche leicht einkerben und die Pasteten 30 Minuten kalt stellen.

6 Anschließend bei 220 °C im vorgeheizten Backofen 15–20 Minuten backen, 10 Minuten in der Form abkühlen lassen, noch warm servieren.

Zwiebelkuchen

Für 4 Personen

250 g Mürbeteig

40 g Butter

75 g durchwachsener Speck, gewürfelt

700 g Zwiebeln, geschält und in feinen Ringen

2 Eier, verquirlt

50 g Parmesan, gerieben

1 TL getrockneter Salbei

Salz und Pfeffer

VARIATION

Für einen vegetarischen Zwiebelkuchen ersetzt man den Speck durch die gleiche Menge gehackter Pilze.

1 Den Teig auf einer leicht bemehlten Arbeitsfläche ausrollen und in ine Springform (24 cm Ø) einpassen.

2 Den Teig mit einer Gabel einstechen und 30 Minuten kalt stellen.

3 Die Butter in einem Topf erhitzen. Speck und Zwiebeln darin bei geringer Hitze etwa 25 Minuten dünsten. Werden die Zwiebeln braun, 1 Esslöffel Wasser zugeben.

4 Die Eier unterrühren. Käse und Salbei zugeben, mit Salz und Pfeffer würzen und gut vermengen.

5 Die Mischung auf dem Teig in der Form verteilen.

6 Den Zwiebelkuchen bei 180 °C im vorgeheizten Backofen 20–30 Minuten backen, bis die Füllung stockt und goldbraun geworden ist.

7 Anschließend einige Minuten in der Form abkühlen lassen und warm oder kalt servieren.

Pizza gorgonzola

Für 4 Personen

TEIG
10 g Trockenhefe
1 TL Zucker
250 ml lauwarmes Wasser
200 g Mehl
150 g Vollkorn-Weizenmehl
1 TL Salz
1 EL Olivenöl

BELAG
400 g Kürbis, geschält und gewürfelt
1 EL Olivenöl
1 Birne, entsteint, geschält und in Scheiben geschnitten
100 g Gorgonzola, zerkrümelt
1 frischer Rosmarinzweig, zum Garnieren

1 Hefe und Zucker in einem Messbecher mit 50 ml Wasser auffüllen und etwa 15 Minuten gehen lassen, bis die Mischung schäumt.

2 Mehl und Salz in einer Schüssel mischen. Eine Vertiefung in die Mitte drücken. Öl, die angerührte Hefe und das restliche Wasser zugießen und zu einem festen Teig verrühren.

3 Den Teig auf einer bemehlten Arbeitsfläche 4–5 Minuten glatt kneten.

4 Den Teig zurück in die Schüssel geben, mit eingefetteter Frischhaltefolie abdecken und 30 Minuten gehen lassen, bis sich sein Volumen verdoppelt hat.

5 Den Teig aus der Schüssel nehmen und erneut 2 Minuten kneten. In die gewünschte Form bringen und auf ein eingefettetes Backblech legen. Er sollte nicht dicker als 6 mm sein, da er beim Backen aufgeht.

6 Für den Belag die Kürbiswürfel in einem flachen Bräter mit Olivenöl beträufeln und unter einem vorgeheizten Grill 20 Minuten garen.

7 Birnen und Kürbis gleichmäßig auf dem Teig verteilen. Die Ölreste aus dem Bräter über das Gemüse träufeln und den Käse darüber streuen Die Pizza bei 200 °C im vorgeheizten Backofen 15 Minuten backen, bis der Teig goldbraun und knusprig ist. Mit dem Rosmarinzweig garnieren.

Auberginen mit Nudelfüllung

Für 4 Personen

250 g Penne oder andere kurze Nudeln
4 EL Olivenöl, plus etwas mehr, zum Bestreichen
2 große Auberginen
1 große Zwiebel, gehackt
2 Knoblauchzehen, zerdrückt
400 g Tomaten aus der Dose, gehackt
2 TL getrockneter Oregano
Salz und Pfeffer
60 g Mozzarella, in dünne Scheiben geschnitten
2 EL frisch geriebener Parmesan
2 EL Semmelbrösel
Salatblätter, zum Servieren

1 Salzwasser in einem großen Topf zum Kochen bringen. Die Nudeln darin mit 1 Esslöffel Öl bissfest kochen. Abgießen, wieder in den Topf geben, abdecken und warm halten.

2 Die Auberginen längs halbieren und das Fruchtfleisch kreuzförmig einschneiden, ohne die Schale zu beschädigen. Das Fruchtfleisch auslösen und das Innere der Auberginen mit Öl bestreichen. Das Fruchtfleisch hacken und beiseite stellen.

3 Die Zwiebel im restlichen Öl glasig dünsten. Den Knoblauch zugeben und 1 Minute andünsten. Das gehackte Fruchtfleisch der Auberginen zugeben und 5 Minuten braten. Tomaten und Oregano zufügen und mit Salz und Pfeffer abschmecken. Aufkochen und 10 Minuten köcheln. Vom Herd nehmen und die Nudeln unterheben.

4 Ein Backblech mit Öl einfetten und die ausgehöhlten Auberginen darauf legen. Die Hälfte der Füllung darin verteilen. Mit Mozzarella belege und mit der restlichen Füllung bedecken. Parmesan und Semmelbrösel mischen und darüber streuen.

5 Bei 200 °C im vorgeheizten Backofen 25 Minuten goldbraun backen. Mit grünem Salat servieren.

Räucherfischpastete

Für 4 Personen

900 g geräucherte Schellfisch- oder Kabeljaufilets
600 ml Magermilch
2 Lorbeerblätter
120 g Champignons, geviertelt
120 g tiefgefrorene Erbsen
120 g tiefgefrorener Mais
700 g Kartoffeln, gewürfelt
5 EL Magerjoghurt
4 EL frisch gehackte Petersilie
Salz und Pfeffer
60 g Räucherlachs, in dünne Streifen geschnitten
3 EL Speisestärke
1 EL geriebener Räucherkäse

1 Den Fisch in eine ofenfeste Pfanne geben, Milch und Lorbeer-lätter zufügen und aufkochen, dann udecken und 5 Minuten köcheln. hampignons, Erbsen und Mais nterrühren, zudecken und 5–7 Minu-n köcheln. Dann abkühlen lassen.

2 Die Kartoffeln in Salzwasser 10–15 Minuten garen, danach rstampfen. Joghurt, Petersilie sowie Salz und Pfeffer zufügen und das Kartoffelpüree beiseite stellen.

3 Den Fisch mit einem Schaumlöffel aus der Pfanne nehmen, dann Haut und Gräten entfernen, das Fleisch mit einer Gabel zerdrücken und in eine feuerfeste Auflaufform geben.

4 Das Gemüse abtropfen lassen, den Kochsud auffangen und mit den Lachsstreifen unter den Fisch rühren.

5 Etwas Kochsud mit der Speisestärke zu einer Paste anrühren. Den restlichen Kochsud in einem Topf aufkochen und mit der Paste andicken. Lorbeerblätter entfernen und mit Salz und Pfeffer abschmecken.

6 Die Sauce über den Fisch und das Gemüse geben und sorgfältig verrühren. Das Kartoffelpüree über die Fischmasse geben, mit Käse bestreuen und bei 200 °C 20–25 Minuten im Backofen garen.

Nudel-Garnelen-Päckchen

Für 4 Personen

500 g Fettuccine
150 ml Pesto (s. S. 7)
4 TL Olivenöl, extra vergine
750 g rohe Tiefseegarnelen, geschält und geputzt
2 Knoblauchzehen, zerdrückt
Salz und Pfeffer
125 ml trockener Weißwein
Zitronenspalten, zum Garnieren

TIPP

Der Koch, der dieses Gericht kreierte, wollte, dass die Päckchen wie Geldsäckchen aussehen. Das gelingt mit Backpapier besser als mit Alufolie.

1 Aus Backpapier 4 Quadrate mit einer Seitenlänge von 30 cm zuschneiden.

2 Die Fettucine 2–3 Minuten in Salzwasser kochen, bis sie gerade weich zu werden beginnen. Abgießen und beiseite stellen.

3 Die Nudeln mit der Hälfte vom Pesto mischen. In die Mitte jedes Papierquadrats 1 Teelöffel Olivenöl geben. Die Nudeln auf den Quadraten verteilen und die Garnelen darüber geben.

4 Den restlichen Pesto mit dem Knoblauch mischen und über die Garnelen geben. Alle Pasta-Päckchen mit Salz und Pfeffer würzen und mit Weißwein beträufeln.

5 Die Ränder der Papierquadrate befeuchten, dann hochschlagen und zusammendrehen.

6 Die Pasta-Päckchen auf ein Backblech geben und bei 200 °C im vorgeheizten Backofen 10–15 Minuten backen. Anschließend auf vorgewärmte Teller legen und sofort servieren.

Makkaroni-Krabben-Auflauf

Für 4 Personen

350 g Makkaroni
1 EL Olivenöl
100 g Butter
2 kleine Fenchelknollen, in dünne Scheiben geschnitten
150 g Champignons, in dünne Scheiben geschnitten
200 g Krabben, gegart und geschält
1 Prise Cayennepfeffer
600 ml Béchamel-Sauce (siehe S. 206)
60 g frisch geriebener Parmesan
2 große Tomaten, in Scheiben geschnitten
Olivenöl, zum Bestreichen
1 TL getrockneter Oregano

1 Salzwasser in einem großen Topf zum Kochen bringen. Die Makkaroni darin mit dem Olivenöl bissfest garen. Abgießen, in den Topf zurückgeben und gründlich mit 2 Esslöffeln Butter vermengen. Abdecken und warm halten.

2 Den Fenchel in der restlichen Butter 3–4 Minuten anbraten. Die Pilze zugeben und 2 Minuten mitbraten. Dann die Krabben einrühren und die Pfanne vom Herd nehmen.

3 Nudeln, Pfeffer, Krabbenmischung und Béchamel-Sauce vermischen.

4 Die Nudelmischung in eine eingefettete Auflaufform geben und mit Parmesan bestreuen. Die Tomatenscheiben am Rand auslegen, mit Olivenöl bepinseln und mit Oregano bestreuen.

5 Den Auflauf bei 180 °C im vorgeheizten Backofen etwa 25 Minuten goldbraun backen und dann heiß servieren.

2

4

Lasagne frutti di mare

Für 4 Personen

500 g geräucherter Schellfisch, filetiert, gehäutet und zerkleinert
120 g Seezungenfilet, gehäutet und in Streifen geschnitten
120 g Garnelen
schwarzer Pfeffer
Saft von 1 Zitrone
60 g Butter
3 Porreestangen, in sehr dünne Ringe geschnitten
60 g Mehl
600 ml Milch
2 EL Honig
200 g Mozzarella, gerieben
500 g Lasagneplatten, vorgekocht
60 g frisch geriebener Parmesan

1 Fischfilets und Garnelen in einer Schüssel mit Pfeffer und Zitronensaft würzen und beiseite stellen.

2 Die Butter in einem großen Topf zerlassen. Den Porree unter gelegentlichem Rühren 8 Minuten darin anbraten. Das Mehl zugeben und unter ständigem Rühren 1 Minute braten. Nach und nach mit Milch cremig verrühren.

3 Honig und Mozzarella einrühren und weitere 3 Minuten kochen. Vom Herd nehmen und Fisch und Garnelen einrühren.

4 Fischsauce und Lasagneplatten abwechselnd in eine feuerfeste Form schichten und mit Fischsauce abschließen. Mit Parmesan bestreuen und 30 Minuten im vorgeheizten Backofen bei 180 °C überbacken. Sofort servieren.

VARIATION

Für Apfelsauce den Porree durch 1 fein gehackte Schalotte, die Milch durch 300 ml Cidre und 300 ml Schlagsahne und den Honig durch 1 Teelöffel Senf ersetzen. Für toskanische Sauce den Porree durch 1 fein gehackte Fenchelknolle ersetzen und den Honig weglassen.

1

3

Nudelgratin mit Schellfisch

Für 4 Personen

500 g geräuchertes Schellfischfilet, in 4 Scheiben geschnitten
600 ml Milch
2 EL Butter
1 EL Mehl
Salz und Pfeffer
1 Msp. frisch geriebene Muskatnuss
3 EL Schlagsahne
1 EL frisch gehackte Petersilie
2 Eier, hart gekocht und zerdrückt
500 g Fusili
1 EL Zitronensaft
Petersilie, zum Garnieren
neue Kartoffeln, gekocht, und Rote Bete, zum Servieren

VARIATION

Die Fusili durch Penne, Conchiglie oder Rigatoni ersetzen.

1 Eine Auflaufform einfetten. Den Schellfisch in die Form legen und mit der Milch übergießen. Bei 200 °C im vorgeheizten Backofen 15 Minuten backen.

2 Die Flüssigkeit abgießen und auffangen, aber den Fisch in der Form lassen.

3 Die Butter in einem Topf bei mittlerer Hitze zerlassen. Das Mehl einrühren. Langsam die Fischflüssigkeit zugießen und mit Salz, Pfeffer und Muskatnuss würzen. Dann Sahne, Petersilie und Eier einrühren und die Sauce 2 Minuten kochen.

1

4 Salzwasser in einem großen Topf zum Kochen bringen und die Fusili mit Zitronensaft darin bissfest garen.

5 Die Nudeln abgießen und über den Fisch geben. Alles mit der Sauce übergießen und 10 Minuten im Ofen überbacken.

6 Das fertige Gratin mit Petersilie garnieren und mit neuen Kartoffeln und Roter Bete servieren.

3

5

Gebackene Sardinen

Für 4 Personen

1 El Olivenöl
2 große Zwiebeln, in Ringen
3 Knoblauchzehen, gehackt
2 große Zucchini, in Stifte geschnitten
3 EL frisch gehackter Thymian
8 Sardinenfilets oder 1 kg ganze Sardinen, filetiert
100 g Parmesan, gerieben
4 Eier, verquirlt
300 ml Milch
Salz und Pfeffer

VARIATION

Statt Sardinen kann man auch kleine Makrelen verwenden.

1 Das Öl in einer Pfanne erhitzen. Zwiebeln und Knoblauch darin 2–3 Minuten dünsten.

2 Die Zucchini zugeben und etwa 5 Minuten dünsten, bis sie leicht angebräunt sind. Dann 2 Esslöffel Thymian unterrühren und vom Herd nehmen.

3 Die Hälfte der Zucchinimischung auf dem Boden einer großen Auflaufform verteilen. Die Sardinenfilets und die Hälfte des Parmesans darüber geben. Die restliche Zucchinimischung über die Filets verteilen und mit dem übrigen Thymian bestreuen.

4 Eier und Milch in einer Schüssel verühren, mit Salz und Pfeffer würzen, über das Gemüse und die Fischfilets gießen und mit dem restlichen Parmesan bestreuen.

5 Den Auflauf 20–25 Minuten bei 180 °C im vorgeheizten Backofen goldbraun backen und heiß servieren.

Forelle im Speckwickel

Für 4 Personen

etwas Butter, zum Einfetten
4 Forellen à ca. 300 g, ausgenommen und geputzt
Salz und Pfeffer
12 Sardellenfilets, abgetropft und gehackt
2 Äpfel, geschält, entkernt und in Scheiben geschnitten
4 frische Minzezweige
Saft von 1 Zitrone
12 Scheiben Frühstücksspeck
500 g Tagliatelle
1 EL Olivenöl
2 Äpfel, entkernt, in Scheiben, und 4 frische Minzezweige, zum Garnieren

1 Ein tiefes Backblech leicht mit Butter einfetten.

2 Das Innere der Forellen mit warmem Salzwasser auswaschen.

3 Die Fische innen mit Salz und Pfeffer ausreiben, mit Sardellen, Apfelscheiben und Minze füllen und mit Zitronensaft beträufeln.

4 Jeden Fisch in 3 Scheiben Speck einrollen, dabei Kopf und Schwanz aussparen.

5 Die Fische mit den Speckenden nach unten auf das Backblech legen. Mit Pfeffer bestreuen und etwa 20 Minuten im vorgeheizten Backofen bei 200 °C garen. Nach 10 Minuten wenden.

6 Salzwasser in einem großen Topf zum Kochen bringen. Tagliatelle darin mit Öl bissfest kochen. Abtropfen lassen und auf einen vorgewärmten Servierteller geben.

7 Die Fische aus dem Ofen nehmen und auf den Nudeln anrichten. Nach Belieben mit Apfelscheiben und Minzezweigen garnieren und sofort servieren.

3

3

4

Spaghetti alla bucaniera

Für 4 Personen

100 g Mehl
Salz und Pfeffer
500 g Meerbutt- oder Seezungenfilets, gehäutet und gehackt
400 g Seehechtfilet, gehäutet und gehackt
100 g Butter
4 Schalotten, fein gehackt
2 Knoblauchzehen, zerdrückt
1 Karotte, gewürfelt
1 Porreestange, fein gehackt
300 ml trockener Cidre
300 ml halbtrockener Cidre
1 EL Estragonessig
2 TL Fischsauce
500 g Spaghetti
1 EL Olivenöl
frisch gehackte Petersilie, zum Garnieren
frisches Graubrot, zum Servieren

1 Das Mehl mit Salz und Pfeffer würzen und mischen. 1 Esslöffel davon auf einen flachen Teller streuen und die Fischstücke darin wälzen. Man kann das Mehl auch in eine Plastiktüte füllen und die Fischstücke darin vorsichtig schütteln.

2 Butter in einem feuerfesten Topf zerlassen. Fisch, Schalotten, Knoblauch, Karotte und Porree zugeben und unter Rühren bei schwacher Hitze 10 Minuten dünsten.

3 Mit dem restlichen Würzmehl bestreuen und unter ständigem Rühren 2 Minuten dünsten. Nach und nach Cidre, Essig und Fischsauce einrühren. Aufkochen und 30 Minuten bei schwacher Hitze köcheln. Oder im vor-

geheizten Backofen 30 Minuten bei 180 °C garen.

4 Etwa 15 Minuten vor Ende der Garzeit des Fischs Salzwasser in einem Topf aufkochen. Die Spaghetti darin mit dem Olivenöl bissfest kochen Abgießen und in eine Servierschale geben.

5 Die Sauce mit dem Fisch über die Spaghetti geben. Mit gehackter Petersilie garnieren und sofort mit frischem Brot servieren.

Cannelloni filetti di sogliola

Für 6 Personen

12 kleine Seezungenfilets à 120 g
Salz und Pfeffer
150 ml Rotwein
100 g Butter
120 g Champignons, in Scheiben geschnitten
4 Schalotten, fein gehackt
120 g Tomaten, gehackt
2 EL Tomatenmark
3 EL Mehl
150 ml warme Milch
2 EL Schlagsahne
6 Cannelloni
200 g Garnelen, gekocht und geschält
1 frischer Dillzweig, zum Garnieren

1 Die Filets mit Wein bestreichen. Mit Salz und Pfeffer würzen, mit der Haut nach innen aufrollen und mit einem Holzspießchen oder Zahnstocher feststecken.

2 Die Fischröllchen in eine große Pfanne geben, den restlichen Wein zugeben und 4 Minuten pochieren. Aus der Pfanne nehmen und die Flüssigkeit aufbewahren.

3 Die Butter in einer zweiten Pfanne zerlassen. Champignons und Schalotten 2 Minuten dünsten, dann Tomaten und Tomatenmark zugeben. Das Mehl mit Salz und Pfeffer würzen und in die Pfanne rühren. Die Weinsauce und die Hälfte der Milch einrühren. Bei schwacher Hitze 4 Minuten rühren. Vom Herd nehmen und die Sahne einrühren.

4 Salzwasser in einem großen Topf zum Kochen bringen. Die Cannelloni darin bissfest kochen. Abgießen und abkühlen lassen.

5 Die Zahnstocher entfernen. Jeweils 2 Filets, 3–4 Garnelen und etwas Weinsauce in jede Cannelloni füllen. Die Cannelloni in eine feuerfeste Form legen, mit der Sauce übergießen und bei 200 °C 20 Minuten im vorgeheizten Backofen backen.

6 Die Cannelloni mit einem Dillzweig garniert servieren.

Orangenmakrele

Für 4 Personen

2 EL Öl
4 Frühlingszwiebeln, in Ringen
2 Orangen
50 g gemahlene Mandeln
1 EL Haferflocken
50 g grüne und schwarze Oliven, entsteint und klein gehackt
Salz und Pfeffer
8 Makrelenfilets
knackiger Salat, zum Servieren

1 Das Öl in einer Pfanne erhitzen und die Frühlingszwiebeln darin 2 Minuten andünsten.

2 Die Orangenschale fein reiben und die weißen Reste mit einem scharfen Messer entfernen.

3 Die Orangen filetieren. Dazu die Fruchtsegmente entlang der Hautlappen einschneiden, das Fleisch herauslösen und halbieren. Dabei über eine Schüssel halten, um den auslaufenden Fruchtsaft aufzufangen.

4 Die Mandeln auf einem Backblech 2–3 Minuten unter einem vorgeheizten Grill leicht anrösten. Aufpassen, dass sie nicht zu dunkel werden.

5 Frühlingszwiebeln, Orangen, Mandeln, Haferflocken und Oliven in einer Schüssel mischen. Dann mit Salz und Pfeffer abschmecken.

6 Die Mischung auf die Makrelenfilets verteilen. Dann die Filets zusammenrollen und mit einem Zahnstocher fixieren.

1

7 Die Makrelenröllchen bei 190 °C im vorgeheizten Backofen 25 Minuten garen.

8 Die fertigen Röllchen auf Teller verteilen und warm mit Salat servieren.

5

6

Merluzzo italiano

Für 4 Personen

2 EL Butter
50 g Vollkorn-Semmelbrösel
2 EL gehackte Walnüsse
geriebene Schale und Saft von
2 Zitronen
2 EL frisch gezupfter Rosmarin
2 EL frisch gehackte Petersilie
4 Kabeljaufilets à ca. 150 g
1 Knoblauchzehe, zerdrückt
1 kleine rote Chili, gewürfelt
3 EL Walnussöl
Salatblätter, zum Servieren

1 Die Butter unter Rühren in einer Stielkasserolle zerlassen.

2 Den Topf vom Herd nehmen. Semmelbrösel, Walnüsse, Schale und Saft von 1 Zitrone sowie die Hälfte des Rosmarins und der Petersilie mit der Butter verrühren.

3 Die Kabeljaufilets mit dieser Mischung bestreichen und in einen flachen feuerfesten Bräter legen.

4 Bei 200 °C im vorgeheizten Backofen 25–30 Minuten backen.

5 Knoblauch, Chili und den Rest von Rosmarin, Petersilie, Zitronenschale und -saft in einer Schüssel mischen. Das Walnussöl gut unterrühren. Über die Filets geben.

6 Den Merluzzo italiano auf Teller verteilen und mit Salatblättern servieren.

2

3

2

VARIATION

Nach Belieben können Sie die Walnüsse weglassen. Und das Walnussöl lässt sich durch Olivenöl ersetzen.

Pizza frutti di mare

Für 4 Personen

150 g Fertigmischung für Pizzateig

4 EL frisch gehackter Dill, plus etwas mehr, zum Garnieren

SAUCE

1 große rote Paprika, halbiert

400 g fertige Tomatensauce mit Zwiebeln und Kräutern

3 EL Tomatenmark

Salz und Pfeffer

BELAG

350 g vorgegarte Meeresfrüchte-mischung

1 EL eingelegte Kapern, abgetropft

25 g schwarze Oliven, entsteint

25 g Mozzarella, gerieben

1 EL frisch geriebener Parmesan

1 Die Fertigmischung für den Pizzateig in einer Schüssel mit dem Dill verrühren und den Teig nach Packungsanleitung zubereiten.

2 Den Teig zu einer runden Scheibe (25 cm Ø) ausrollen, auf ein mit Backpapier ausgelegtes Blech legen und beiseite stellen, damit er gut aufgehen kann.

3 Die Paprika mit der Schnittfläche nach unten auf einem Backblech 10–12 Minuten grillen, bis die Haut Blasen wirft und schwarz wird. Vom Blech nehmen, die Haut mit einer Messerspitze abziehen und das Fruchtfleisch fein hacken.

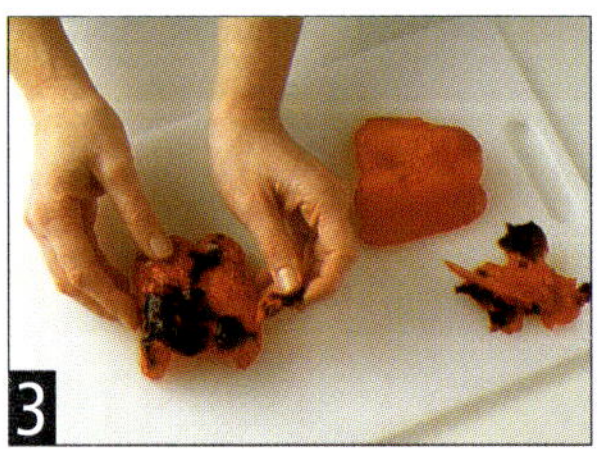

4 Tomatensauce und Paprika in einem Topf aufkochen, 10 Minuten köcheln, Tomatenmark zufügen und mit Salz und Pfeffer abschmecken.

5 Die Sauce auf dem Pizzaboden verstreichen, die Meeresfrüchte darauf verteilen. Mit Kapern, Oliven und beiden Käsesorten bestreuen und bei 200 °C im vorgeheizten Backofen 25–30 Minuten backen. Die fertige Pizza mit frischem Dill garnieren und sofort servieren.

TIPP

In den Kühlregalen großer Supermärkte findet man oft Fertigpackungen mit gemischten Meeresfrüchten, die aromatischer und bissfester sind als tiefgefrorene.

Polenta mit geräuchertem Kabeljau

Für 4 Personen

- 1½ l Wasser
- 350 g Instant-Polenta
- 200 g Spinat, fertig gegart
- 2 EL Butter
- 50 g frisch geriebener Pecorino
- Salz und Pfeffer
- 200 ml Milch
- 500 g geräuchertes Kabeljaufilet
- 4 Eier, verquirlt

1 Das Wasser in einem Topf zum Kochen bringen. Die Polenta gleichmäßig einstreuen und sorgfältig unterrühren, bis sie steif ist. Abweichende Packungsangaben beachten.

2 Spinat, Butter und die Hälfte des Pecorino unter die fertige Polenta rühren und mit Salz und Pfeffer abschmecken.

3 Die Böden und Ränder von 4 feuerfesten Suppenschalen gleichmäßig mit der Polenta beschichten.

4 Milch in einer großen Pfanne aufkochen. Die Kabeljaufilets zugeben und unter einmaligem Wenden 8–10 Minuten garen. Dann mit einer Schaumkelle aus der Pfanne nehmen.

5 Pfanne vom Herd nehmen, die Eier darin mit der Milch verrühren.

VARIATION

Statt Fisch kann man auch 350 g gekochte und mit gehacktem Estragon gewürzte Hähnchenbrust verwenden.

2

4

5

6 Die Fischfilets mit einer Gabel in kleine Stücke zerteilen und in die Mitte der Schalen legen.

7 Die Milchmischung über die Filetstücke gießen.

8 Den Fisch mit dem restlichen Käse bestreuen, bei 190 °C im vorgeheizten Backofen 25–30 Minuten goldbraun backen und heiß servieren.

Rotbarbenfilet mit Vermicelli

Für 4 Personen

1 kg Rotbarbenfilet
300 ml trockener Weißwein
4 Schalotten, fein gehackt
1 Knoblauchzehe, zerdrückt
3 EL frische gemischte Kräuter, fein gehackt
geriebene Schale und Saft von 1 Zitrone
1 Prise frisch geriebene Muskatnuss
3 Sardellenfilets, grob gehackt
Salz und Pfeffer
2 EL Schlagsahne
1 TL Speisestärke
500 g Vermicelli
1 EL Olivenöl

GARNIERUNG
1 Zweig frische Minze
Zitronen, in Scheiben geschnitten
Zitronenzesten

1 Die Fischfilets in eine große Auflaufform legen. Wein, Schalotten, Knoblauch, Kräuter, Zitronenschale und -saft, Muskat sowie die Sardellen zugeben. Mit Salz und Pfeffer abschmecken, abdecken und bei 180 °C im vorgeheizten Backofen 35 Minuten garen.

2 Den Fisch auf einen vorgewärmten Teller legen und warm halten.

3 Den Kochsud in einen Topf geben und auf die Hälfte einkochen. Dann Sahne und Stärke einrühren und die Sauce damit leicht andicken.

4 Salzwasser in einem großen Topf aufkochen. Die Vermicelli darin mit dem Olivenöl bissfest garen. Abgießen und auf vorgewärmte Teller verteilen.

5 Die Fischfilets auf den Nudeln anrichten und mit Sauce übergießen. Mit Minzeblättern, Zitronenscheiben und Zitronenzesten garniert sofort servieren.

2

1

3

Mediterrane Hähnchenfilets

Für 6 Personen

1 EL Olivenöl

6 Hähnchenbrustfilets

250 g Mozzarella

500 g Zucchini, in Scheiben

6 große Tomaten, in Scheiben

Salz und Pfeffer

1 kleines Bund Basilikum oder Oregano

Reis oder Nudeln, zum Servieren

TIPP

Die Päckchen garen schneller, wenn Sie die Folie so legen, dass die matte Seite nach dem Einwickeln nach außen zeigt. Diese Seite reflektiert die Hitze nicht und leitet sie daher besser weiter.

VARIATION

Statt Hähnchenbrust kann man auch Seeteufel (6 Filets à 140–175 g) verwenden. Die grauen Häute entfernen.

1 Aus Alufolie 6 Quadrate mit einer Seitenlänge von 25 cm zuschneiden. Die Folienstücke mit Öl bepinseln und beiseite legen.

2 Die Hähnchenbrustfilets mit einem scharfen Messer mehrmals einschneiden. Den Mozzarella in Schei-

2

ben schneiden und die Scheiben in die Einschnitte im Fleisch stecken.

3 Zucchini- und die Tomatenscheiben gleichmäßig auf die Folienquadrate verteilen und mit Salz und Pfeffer bestreuen. Dann Basilikum oder Oregano klein zupfen und über das Gemüse streuen.

3

4 Je 1 Hähnchenbrustfilet auf das Gemüse legen und die Folienpäckchen fest verschließen. Dabei auch die Enden gut zufalten.

4

5 Folienpäckchen auf ein Backblech legen und bei 200 °C im vorgeheizten Backofen 30 Minuten backen.

6 Herausnehmen, öffnen und mit Reis oder Nudeln servieren.

Hähnchenfilet mit Knusperkruste

Für 4 Personen

4 Hähnchenbrustfilets à ca. 150 g
Salz und Pfeffer
4 Zweige frischer Estragon
1/2 kleine orangefarbene Paprika, entkernt und in Streifen geschnitten
1 1/2 kleine grüne Paprika, entkernt und in Streifen geschnitten
2 EL Vollkorn-Semmelbrösel
1 EL Sesamsaat
4 EL Zitronensaft

PAPRIKASAUCE
1 kleine rote Paprika, halbiert und entkernt
200 g Tomaten aus der Dose, gewürfelt
1 kleine rote Chili, entkernt und gehackt
1/4 TL Selleriesalz
frischer Estragon, zum Garnieren

1 Mit einem scharfen Messer eine Tasche in jedes Hähnchenbrustfilet schneiden. Das Innere mit Salz und Pfeffer einreiben.

2 In jede Tasche 1 Estragonzweig und einige Streifen orangefarbene und grüne Paprika füllen. Die Filets auf ein Backblech legen und mit Semmelbröseln und Sesam bestreuen.

3 Mit 1 Esslöffel Zitronensaft beträufeln und bei 200 °C im vorgeheizten Backofen 30–40 Minuten gar backen.

4 Für die Paprikasauce den Grill vorheizen. Die roten Paprikahälften auf den Grillrost legen und 5–6 Minuten grillen, bis die Haut Blasen wirft. 10 Minuten abkühlen lassen, dann die Haut abziehen.

5 Die rote Paprika mit Tomaten, Chili und Selleriesalz in einem Mixer pürieren, dann abschmecken. Alternativ fein hacken und mit Tomaten und Chili durch ein Sieb streichen.

6 Wenn das Fleisch gar ist, die Sauce kurz erhitzen. Auf vorgewärmte Teller jeweils etwas Sauce geben und die Hähnchenbrustfilets in die Mitte legen. Mit Estragon garnieren und sofort servieren.

Hähnchen-Spinat-Lasagne

Für 4 Personen

350 g Blattspinat (Tiefkühlware), aufgetaut, abgetropft, gehackt
½ TL frisch geriebene Muskatnuss
Salz und Pfeffer
450 g Hähnchenfleisch, gekocht, gehäutet und in Würfel geschnitten
4 grüne Lasagne-Platten
1½ EL Speisestärke
430 ml Magermilch
100 g frisch geriebener Parmesan

TOMATENSAUCE
400 g Tomaten aus der Dose, gewürfelt
1 Zwiebel, fein gehackt
1 Knoblauchzehe, zerdrückt
150 ml Weißwein
3 EL Tomatenmark
1 TL getrockneter Oregano
Salz und Pfeffer

1 Für die Tomatensauce die Tomaten, Zwiebel, Knoblauch, Wein, Tomatenmark und Oregano in einen Topf geben und aufkochen. 20 Minuten einkochen. Mit Salz und Pfeffer abschmecken.

2 Den Spinat noch einmal auf Küchenpapier abtropfen lassen, auf dem Boden einer Auflaufform verteilen, mit Muskat bestreuen und mit Salz und Pfeffer abschmecken.

3 Das Hähnchenfleisch auf dem Spinat verteilen und mit der Tomatensauce übergießen, dann mit Lasagne-Platten belegen.

4 Speisestärke mit etwas Milch verrühren, dann in die restliche Milch in einem Topf einrühren. Unter ständigem Rühren 2–3 Minuten erhitzen, bis die Flüssigkeit eingedickt ist. Mit Salz und Pfeffer abschmecken.

5 Die Sauce über die Lasagne gießen, mit Parmesan bestreuen und auf einem Backblech bei 200 °C im vorgeheizten Backofen 25 Minuten goldbraun backen. Nach Belieben mit grünem Salat servieren.

2

5

Nudelgratin mit Hähnchen

Für 4 Personen

2 Fenchelknollen

2 rote Zwiebeln, in Ringen

1 EL Zitronensaft

150 g kleine Champignons

1 EL Olivenöl

Salz und Pfeffer

230 g Nudeln, z. B. Penne

60 g Rosinen

250 g Hähnchenbrustfilet, gewürfelt

400 g Magerquark mit Knoblauch und Kräutern

150 g Mozzarella, in dünnen Scheiben

2 EL frisch geriebener Parmesan

Fenchelgrün, zum Garnieren

1 Den Fenchel putzen, dabei etwas Grün zum Garnieren aufbewahen. Die Knollen in feine Scheiben chneiden.

2 Die Zwiebelringe mit Zitronensaft beträufeln, die Pilze vierteln.

3 Das Öl in einer großen Pfanne erhitzen. Zwiebeln, Fenchel und Pilze 4–5 Minuten unter Rühren darin anbraten, bis sie weich sind. Mit Salz und Pfeffer abschmecken und in eine Schüssel geben.

4 In einem großen Topf Salzwasser zum Kochen bringen und die Nudeln nach Packungsanweisung bissfest garen. Abgießen und mit dem gebratenen Gemüse vermengen.

5 Rosinen und Hähnchenfleisch zu der Nudelmischung geben und gut verrühren. Den Quark glatt rühren und unter die Nudelmischung heben.

6 Die Mischung in eine feuerfeste Form füllen. Diese auf ein Backblech stellen. Den Auflauf mit Mozzarella abdecken und mit geriebenem Parmesan bestreuen.

7 Bei 200 °C im vorgeheizten Backofen 20–25 Minuten backen, bis die Kruste goldbraun ist.

8 Mit Fenchelgrün garnieren und heiß servieren.

Hähnchen-Wildpilz-Lasagne

Für 4 Personen

14 Lasagne-Platten, vorgekocht
800 ml Béchamel-Sauce (siehe S. 206)
80 g Parmesan, gerieben

HÄHNCHEN-WILDPILZ-SAUCE
2 EL Olivenöl
2 Knoblauchzehen, zerdrückt
1 große Zwiebel, fein gehackt
250 g Wildpilze, in Streifen geschnitten
300 g mageres Geflügelfleisch, sehr fein gehackt
80 g Hähnchenleber, fein gehackt
120 g Parmaschinken, gewürfelt
150 ml Marsala
300 g Tomaten aus der Dose, gehackt
1 EL frisch gehacktes Basilikum
2 EL Tomatenmark
Salz und Pfeffer

1 Für die Sauce das Olivenöl in einem großen Topf erhitzen. Knoblauch, Zwiebel und Pilze darin 6 Minuten anbraten.

2 Hähnchenhack, -leber und Schinken zugeben und 12 Minuten braten, bis das Fleisch gebräunt ist.

3 Marsala, Tomaten, Basilikum und Tomatenmark einrühren und

2

4 Minuten kochen. Mit Salz und Pfeffer abschmecken, abdecken und 30 Minuten köcheln. Durchrühren und weitere 15 Minuten köcheln.

3

4 Den Boden einer eingefetteten Auflaufform mit Lasagne-Platten auslegen, 1 Schicht Hackfleischsauce, dann 1 Schicht Béchamel-Sauce darauf geben. Mit 1 Lage Lasagne-Platten bedecken, den Vorgang zweimal wiederholen und mit 1 Schicht Béchamel-Sauce abschließen. Mit geriebenem Käse bestreuen und 35 Minuten im vorgeheizten Backofen bei 190 °C goldbraun backen. Sofort servieren.

4

Geflügel-Lasagne

Für 4 Personen

9 Lasagne-Platten

1 EL Olivenöl

1 rote Zwiebel, fein gehackt

1 Knoblauchzehe, zerdrückt

100 g Champignons, in Scheiben geschnitten

350 g Hähnchen- oder Putenbrustfilet, gewürfelt

150 ml Rotwein, mit 100 ml Wasser vermischt

250 g passierte Tomaten

1 TL Zucker

BÉCHAMEL-SAUCE

4 EL Butter

3 EL Mehl

600 ml Milch

1 Ei, verquirlt

75 g frisch geriebener Parmesan

Salz und Pfeffer

1 Lasagne-Platten nach Packungsanleitung bissfest kochen.

2 Das Öl in einer Pfanne erhitzen. Die Zwiebel und den Knoblauch

1

darin ca. 3 Minuten andünsten. Die Champignons und das Fleisch zufügen und etwa 4 Minuten anbraten, bis es von allen Seiten gebräunt ist.

2

3 Mit Wein ablöschen und aufkochen. Die Hitze reduzieren und 5 Minuten köcheln. Passierte Tomaten und Zucker zugeben und weitere 3–5 Minuten kochen, bis das Fleisch gar ist.

3

4 Für die Béchamel-Sauce die Butter in einem Topf zerlassen, das Mehl einrühren und 2 Minuten anschwitzen. Den Topf vom Herd nehmen und nach und nach die Milch einrühren, bis eine glatte Sauce entsteht. Wieder auf den Herd stellen und unter Rühren kochen, bis die Sauce eindickt. Abkühlen lassen. Dann das Ei und die Hälfte des Parmesans einrühren. Mit Salz und Pfeffer abschmecken.

5 Eine eingefettete Auflaufform mit 3 Lasagne-Platten auslegen und mit der Hälfte der Geflügelmischung bedecken. Wiederholen und die letzte Geflügelschicht mit den letzten 3 Platten bedecken. Zuletzt mit der Sauce übergießen und mit Parmesan bestreuen. Die Lasagne bei 190 °C im vorgeheizten Backofen 30 Minuten goldbraun backen.

Senfhuhn mit Lumaconi

Für 4 Personen

8 Hühnerteile à ca. 120 g

3 EL Butter, zerlassen

4 EL mittelscharfer Senf (siehe Tipp)

2 EL Zitronensaft

1 EL brauner Zucker

1 TL Paprikapulver

Salz und Pfeffer

3 EL Mohnsamen

400 g Lumaconi

1 EL Olivenöl

TIPP

Dijonsenf wird häufig zum Kochen verwendet, weil er einen klaren und nur mild scharfen Geschmack hat. Düsseldorfer Senf ist scharf, bayerischer etwas milder und süß. Amerikanischer Senf besitzt eine milde Schärfe.

VARIATION

Dieses Gericht kann man auch mit Wildgeflügel wie Perlhuhn oder jungem Fasan zubereiten.

1 Die Hühnerteile mit der Haut nach unten in eine feuerfeste Form geben.

1

2 Butter, Senf, Zitronensaft, Zucker und Paprika mit Salz und Pfeffer mischen. Die Oberseiten der Hühnerteile mit einem Teil der Senfglasur bestreichen und 15 Minuten im vorgeheizten Backofen bei 200 °C garen.

3 Aus dem Ofen nehmen und die Hühnerteile wenden. Mit der restlichen Glasur bestreichen, mit Mohnsamen bestreuen und weitere 15 Minuten im Backofen garen.

3

3

4 Salzwasser in einem großen Topf zum Kochen bringen. Die Nudeln darin mit dem Olivenöl bissfest kochen.

5 Die Nudeln abgießen und auf einem vorgewärmten Servierteller anrichten. Mit dem Senfhuhn belegen, mit der Sauce übergießen und sofort servieren.

Ente mit Äpfeln & Aprikosen

Für 4 Personen

4 Entenkeulen à ca. 350 g
4 EL dunkle Sojasauce
2 EL hellbrauner Zucker
Pfeffer
2 rote Äpfel
2 grüne Äpfel
Saft von 1 Zitrone
2 EL klarer Honig
Salz
3 Lorbeerblätter
gedünstetes Gemüse, zum Servieren
APRIKOSENPÜREE
400 g Aprikosen aus der Dose (im eigenen Saft)
4 EL süßer Sherry

1 Das Fleisch waschen und von Fett und Sehnen befreien. Dann auf ein Rost über eine Fettpfanne legen, die Oberseiten mehrmals mit einer Gabel einstechen.

2 Das Fleisch mit der Sojasauce bestreichen sowie mit Zucker und Pfeffer bestreuen. Bei 190 °C im vorgeheizten Backofen 50–60 Minuten garen, dabei gelegentlich mit dem Bratensaft begießen. Das Fleisch ist gar, wenn beim Einstechen mit einem Holzstäbchen an der dicksten Stelle klarer Saft austritt.

3 Die Äpfel entkernen und in je 6 Spalten schneiden. In einer Schüssel mit Zitronensaft, Honig, Salz

3

4

und Pfeffer vermengen. In einen Bräter legen, Lorbeerblätter zufügen. Nach 35 Minuten Garzeit zur Ente geben. Nach dem Backen die Lorbeerblätter entfernen.

4 Für das Püree die Aprikosen mit Saft und Sherry im Mixer oder mit dem Pürierstab glatt pürieren. Oder die Früchte mit einer Gabel zerdrücken, durch ein Sieb streichen und mit Saft und Sherry verrühren. Kurz vor Ende der Garzeit in einem Topf erhitzen.

5 Die Entenkeulen (falls gewünscht) häuten. Ausgetretenes Fett mit Küchenpapier vom Fleisch abtupfen. Mit Apfelspalten und Aprikosenpüree anrichten, dazu gedünstetes Gemüse servieren.

Rebhuhn mit Pesto-Kruste

Für 4 Personen

8 Rebhuhnstücke à ca. 120 g
2–3 EL Butter, zerlassen
4 EL Dijonsenf
2 EL Limettensaft
1 EL brauner Zucker
Salz und Pfeffer
6 EL Pesto (s. S. 7)
500 g Rigatoni
1 EL Olivenöl
120 g Parmesan, gerieben

VARIATION
Auf die gleiche Weise lässt sich auch ein junger Fasan zubereiten.

1 Die Rebhuhnstücke nebeneinander und mit der glatten Seite nach unten in eine Auflaufform legen.

2 Butter, Dijonsenf, Limettensaft und Zucker in einer Schüssel mischen und mit Salz und Pfeffer würzen. Die Hälfte der Mischung auf die Rebhuhnteile streichen und diese im vorgeheizten Backofen bei 200 °C 15 Minuten garen.

3 Die Auflaufform aus dem Backofen nehmen und die Rebhuhnteile mit 3 Esslöffeln Pesto bestreichen, dann weitere 12 Minuten im Backofen garen.

4 Die Form aus dem Backofen nehmen, die Rebhuhnstücke vorsichtig wenden, mit der restlichen Senfmischung bestreichen und weitere 10 Minuten im Backofen braten.

5 In der Zwischenzeit Salzwasser in einem großen Topf zum Kochen bringen. Die Nudeln darin mit dem Olivenöl bissfest kochen. Gut abtropfen lassen und in eine Servierschüssel geben.

6 Die Nudeln mit dem restlichen Pesto und dem Parmesan vermengen. Die Rebhuhnstücke mit dem Bratensud begießen und mit den Nudeln servieren.

Glasierte Ente

Für 4 Personen

2 Entenbrustfilets à 225 g

MARINADE

1 TL dunkle Sojasauce

2 EL Honig

1 TL Knoblauchessig

2 Knoblauchzehen, zerdrückt

1 TL gemahlener Sternanis

2 TL Speisestärke

2 TL Wasser

GARNIERUNG

Sellerieblätter

Gurkenscheiben

Schnittlauchhalme

TIPP

Falls die Entenbrüste im Ofen zu schnell dunkel werden, mit Alufolie abdecken. Zur Garprobe das Fleisch mit der Spitze eines scharfen Messers leicht anschneiden – tritt Bratensaft aus, ist es gar.

1 Sojasauce, Honig, Knoblauchessig, Knoblauch und Sternanis gut vermischen. Die Speisestärke mit dem Wasser anrühren und zugeben.

2 Die Entenbrustfilets in eine flache Schale legen. Rundum mit der Sojamarinade bestreichen. Die restliche Marinade aufbewahren. Fleisch abgedeckt im Kühlschrank mindestens 2 Stunden, besser aber über Nacht marinieren.

2

3 Den Backofen auf 220 °C vorheizen. Das Fleisch aus der Marinade nehmen und im Backofen 20–25 Minuten braten, dabei mit der restlichen Marinade bestreichen.

4 Den Grill dazuschalten und die Entenbrustfilets noch 3–4 Minuten grillen, bis ihre Oberflächen karamellisieren.

4

5 Aus dem Grill nehmen und dünn aufschneiden. Auf einer angewärmten Servierplatte anrichten, mit Sellerieblättern, Gurkenscheiben und Schnittlauch garnieren und sofort servieren.

5

Mariniertes Schweinefilet

Für 4 Personen

450 g mageres Schweinefilet

MARINADE

6 EL dunkle Sojasauce

2 EL trockener Sherry

1 TL Fünf-Gewürze-Pulver

2 Knoblauchzehen, zerdrückt

2,5-cm-Stück Ingwerwurzel, fein gehackt

1 große rote Paprika

1 große gelbe Paprika

1 große orangefarbene Paprika

4 EL Zucker

2 EL Rotweinessig

Frühlingszwiebeln, in feinen Streifen, und Schnittlauch, in Röllchen

1 Das Fleisch mit einem scharfen Messer von Fett und Sehnen befreien und in eine flache Schale legen.

2 Sojasauce, Sherry, Fünf-Gewürze-Pulver, Knoblauch und Ingwer verrühren. Das Fleisch mit der Marinade bestreichen und im Kühlschrank mindestens 1 Stunde ziehen lassen.

3 Den Backofen auf 190 °C vorheizen. Das Fleisch abgießen, die Marinade auffangen. Das Fleisch auf einen Bratrost über einer Fettpfanne legen und im Backofen etwa 1 Stunde garen. Dabei gelegentlich rundum mit der Marinade bestreichen.

4 In der Zwischenzeit die Paprika halbieren und entkernen. Jede Hälfte in 3 gleich große Streifen schneiden. Die Streifen mit der Schnittfläche nach unten auf ein Backblech legen und nach 30 Minuten Garzeit zum Fleisch in den Backofen geben.

5 Zucker und Essig in einem kleinen Topf sanft erwärmen, bis sich der Zucker löst. Aufkochen und unter gelegentlichem Rühren 3–4 Minuten kochen, bis die Flüssigkeit eindickt.

2

4

6

6 Das Fleisch herausnehmen und mit dem Zuckersirup bestreichen. 5 Minuten ruhen lassen, dann in Scheiben schneiden und mit den Paprikastreifen auf vorgewärmten Tellern anrichten. Mit Frühlingszwiebeln und Schnittlauch garnieren und servieren.

Linguine mit Schmorfenchel

Für 4 Personen

6 Fenchelknollen
150 ml Gemüsebrühe (s. S. 7)
1 EL Butter
6 Scheiben Frühstücksspeck, in Streifen geschnitten
6 Schalotten, geviertelt
1 EL Mehl
7 EL Schlagsahne
1 EL Madeira
Salz und Pfeffer
500 g Linguine
1 EL Olivenöl

1

4

1 Die Fenchelknollen putzen, dann die äußeren Blätter abziehen und aufbewahren. Die Knollen vierteln und mit den äußeren Blättern und der Brühe in einen großen Topf geben.

2 Aufkochen, die Temperatur reduzieren und 5 Minuten köcheln.

3 Den Fenchel in eine große Schale geben, die äußeren Blätter entfernen. Die Brühe auf die Hälfte einkochen lassen. Beiseite stellen.

4 Die Butter in einer Pfanne zerlassen. Speck und Schalotten darin 4 Minuten anbraten. Mehl, Brühe, Sahne und Madeira zugeben und unter ständigem Rühren 3 Minuten kochen, bis die Sauce glatt ist. Mit Salz und Pfeffer abschmecken und über den Fenchel geben.

5 Salzwasser in einem großen Topf zum Kochen bringen. Die Linguine darin mit Öl bissfest kochen. Abgießen und in eine tiefe feuerfeste Form geben.

6 Fenchel und Sauce über die Nudeln geben und 20 Minuten im vorgeheizten Ofen bei 180 °C überbacken. Sofort servieren.

Cannelloni ripieni

Für 4 Personen

8 Cannelloni
1 EL Olivenöl
2 EL frisch geriebener Parmesan
frische Kräuterzweige, zum Garnieren

FÜLLUNG
1 EL Butter
300 g Spinat, gehackt
125 g Ricotta
1 EL frisch geriebener Parmesan
60 g gekochter Schinken, gehackt
1 Prise frisch geriebene Muskatnuss
Salz und Pfeffer
2 EL Schlagsahne
2 Eier, leicht verquirlt

SAUCE
1 EL Butter
1 EL Mehl
300 ml Milch
2 Lorbeerblätter
1 Prise frisch geriebene Muskatnuss

1 Für die Füllung die Butter in einem Topf zerlassen und den Spinat darin 2–3 Minuten pfannenrühren. Vom Herd nehmen und Ricotta, Parmesan und Schinken einrühren. Mit Muskat, Salz und Pfeffer abschmecken. Mit Sahne und Eiern zu einer dicken Paste vermengen.

1

2 Die Nudeln mit dem Öl in kochendem Salzwasser bissfest garen. Abtropfen lassen und beiseite stellen.

3 Die Butter für die Sauce in einem Topf zerlassen. Das Mehl einrühren und kurz unter Rühren anschwitzen. Milch und Lorbeerblätter einrühren und 5 Minuten köcheln. Muskat zugeben und mit Salz und Pfeffer abschmecken. Vom Herd nehmen und die Lorbeerblätter entfernen.

3

4 Die Füllung in einen Spritzbeutel geben und in die Cannelloni füllen.

5 Etwas Sauce in eine Auflaufform geben. Die Cannelloni hineinlegen und die restliche Sauce darüber gießen. Mit Parmesan bestreuen und 40–45 Minuten im vorgeheizten Ofen bei 190 °C backen. Mit frischen Kräuterzweigen garnieren und sofort servieren.

5

Calzone

Für 4 Personen

1 Portion Pizza-Grundteig (siehe S. 6)

1 Ei, verquirlt

FÜLLUNG

1 EL Tomatenmark

25 g italienische Salami, klein geschnitten

25 g Mortadella, klein geschnitten

1 Tomate, gehäutet und gehackt

25 g Ricotta

2 Frühlingszwiebeln, in Ringen

¼ TL getrockneter Oregano

Salz und Pfeffer

glatte Petersilie, zum Garnieren

1 Den Teig durchkneten und auf einer leicht bemehlten Arbeitsfläche auf 23 cm Ø ausrollen.

2 Die Ränder der Teigscheibe mit etwas verquirltem Ei bestreichen. Das übrige Ei beiseite stellen.

3 Tomatenmark auf eine Hälfte der Teigplatte verteilen.

4 Mit Salami, Mortadella und gehackter Tomate belegen.

5 Ricotta darauf verteilen und mit Frühlingszwiebel und Oregano bestreuen. Mit Salz und Pfeffer würzen.

6 Die unbelegte Teighälfte über die belegte klappen, sodass ein Halbkreis entsteht. Die Teigränder fest zusammendrücken, damit die Füllung beim Backen nicht herausläuft.

7 Auf ein Backblech legen, mit verquirltem Ei bestreichen. Ein Loch in die Oberseite stechen, damit der Dampf beim Backen entweichen kann.

8 Bei 200 °C im vorgeheizten Backofen ca. 20 Minuten goldbraun backen. Auf eine vorgewärmte Servierplatte geben, mit glatter Petersilie garnieren und sofort servieren.

Auberginen-Nudel-Auflauf

Für 4 Personen

1 Aubergine
300 g bunte Nudeln
125 g Frischkäse mit Knoblauch und Kräutern
350 ml passierte Tomaten
4 EL geriebener Parmesan
$1^{1}/_{2}$ TL getrockneter Oregano
Salz und Pfeffer
2 EL Semmelbrösel

1 Eine Springform (20 cm Ø) einfetten und den Boden mit Backpapier auslegen.

2 Die Aubergine putzen und längs in 0,5 cm dicke Scheiben schneiden. In eine Schüssel geben, mit Salz bestreuen und 30 Minuten ziehen lassen, um die Bitterstoffe zu entziehen. Abspülen und abtropfen lassen.

3 In einem Topf mit kochendem Wasser die Auberginenscheiben 1 Minute blanchieren. Abgießen, trockentupfen und beiseite stellen.

4 Die Nudeln bissfest kochen. Abgießen und wieder in den Topf geben. Den Frischkäse zugeben und auf den Nudeln schmelzen.

5 Passierte Tomaten, Parmesan und Oregano untermengen und mit Salz und Pfeffer abschmecken. Dann beiseite stellen.

6 Die Springform so mit Auberginenscheiben auslegen, dass die einzelnen Scheiben einander überlappen und keine Lücken frei bleiben.

7 Die Nudelmischung in die Form füllen, andrücken und mit Semmelbröseln bestreuen. Bei 190 °C im vorgeheizten Backofen 20 Minuten backen, anschließend 15 Minuten ruhen lassen.

6

7

8 Den Auflauf ringsum mit einem Palettenmesser von der Form lösen, auf eine Platte stürzen und heiß servieren.

Pasticcio

Für 6 Personen

250 g Fusilli
1 EL Olivenöl, plus etwas mehr, zum Einfetten
4 EL Schlagsahne
Salz
Rosmarinzweige, zum Garnieren

SAUCE
2 EL Olivenöl
1 Zwiebel, in dünne Ringe geschnitten
1 rote Paprika, entkernt und gehackt
2 Knoblauchzehen, zerdrückt
600 g Rinderhack
400 g Tomaten aus der Dose, gehackt
125 ml trockener Weißwein
2 EL frisch gehackte Petersilie
50 g Sardellenfilets aus der Dose, abgetropft und gehackt
Salz und Pfeffer

BELAG
300 ml Naturjoghurt
3 Eier
1 Prise frisch geriebene Muskatnuss
Salz und Pfeffer
40 g Parmesan, gerieben

1 Das Öl für die Sauce in einer Pfanne erhitzen und Zwiebel und Paprika 3 Minuten darin anbraten. Den Knoblauch zugeben und 1 Minute dünsten. Das Hackfleisch zufügen und bräunen.

2 Tomaten und Wein zugeben und aufkochen. 20 Minuten unter Köcheln eindicken. Petersilie und Sardellen einrühren und mit Salz und Pfeffer abschmecken.

3 Die Nudeln mit dem Öl 10 Minuten in sprudelndem Salzwasser bissfest kochen. Abgießen, in eine Schüssel geben und mit Sahne vermengen.

4 Für den Belag Joghurt, Eier und Muskat verquirlen und mit Salz und Pfeffer abschmecken.

5 Eine feuerfeste Form mit Öl einfetten. Die Hälfte der Nudeln mit der Hälfte der Sauce bedecken. Den Vorgang wiederholen, den Belag darüber geben und mit Käse bestreuen.

6 Im vorgeheizten Backofen 25 Minuten bei 190 °C goldbraun backen. Sofort servieren.

Überbackenes Lamm

Für 4 Personen

4 magere Beinscheiben vom Lamm à ca. 125 g, ohne Knochen
Salz und Pfeffer
1 kleine Zwiebel, in feinen Ringen
1 Karotte, in dünnen Scheiben
1 Kartoffel, in dünnen Scheiben
1 TL Olivenöl
1 TL getrockneter Rosmarin
frischer Rosmarin, zum Garnieren
frisch gedämpftes Gemüse, zum Servieren

1 Mit einem scharfen Messer das Fleisch sorgfältig vom sichtbaren Fett befreien.

2 Das Fleisch von beiden Seiten mit Salz und Pfeffer würzen und auf einem Backblech verteilen.

3 Abwechselnd Zwiebelringe, Karotten- und Kartoffelscheiben auf das Fleisch schichten.

4 Die oberste Lage Kartoffeln leicht mit Öl einpinseln, mit Salz und Pfeffer würzen und mit etwas Rosmarin bestreuen.

5 Das Fleisch bei 180 °C im vorgeheizten Backofen 25–30 Minuten zart und gar backen.

6 Auf Küchenpapier abtropfen lassen und auf einem vorgewärmten Servierteller anrichten.

7 Mit frischem Rosmarin garnieren und mit gedämpftem, grünem Gemüse servieren.

1

3

4

Fruchtiger Lammtopf

Für 4 Personen

450 g mageres Lammfleisch
1 TL gemahlener Zimt
1 TL gemahlener Koriander
1 TL gemahlener Kreuzkümmel
2 TL Olivenöl
1 rote Zwiebel, fein gehackt
1 Knoblauchzehe, zerdrückt
400 g Tomaten aus der Dose, gewürfelt
2 EL Tomatenmark
125 g fleischige Trockenaprikosen
1 TL Zucker
300 ml Gemüsebrühe (s. S. 7)
Salz und Pfeffer
1 Bund frischer Koriander, zum Garnieren
Naturreis, Couscous oder Bulgur, zum Servieren

1 Das Fleisch von Fett befreien, in 2,5 cm große Würfel schneiden, mit Gewürzen und Öl einreiben und in eine Schüssel geben.

2 Eine beschichtete Pfanne erhitzen und das Fleisch hineingeben. Die Hitze reduzieren und das Fleisch 4–5 Minuten unter ständigem Rühren anbraten, bis es ringsum gebräunt ist. Dann mit einem Bratenwender herausnehmen und in eine Auflaufform mit Deckel geben.

3 Anschließend in der Pfanne Zwiebel, Knoblauch, Tomaten und Tomatenmark 5 Minuten kochen. Aprikosen und Zucker zufügen. Die Brühe zugießen und aufkochen. Mit Salz und Pfeffer abschmecken.

4 Die Sauce über das Fleisch geben und vermengen. Abdecken und bei 180 °C im vorgeheizten Backofen 1 Stunde garen. Während der letzten 10 Minuten den Deckel abnehmen.

5 Koriander grob hacken und über den Lammtopf streuen. Mit Naturreis, Couscous oder Bulgur servieren.

Spaghetti mit Fleischbällchen

Für 4 Personen

150 g Vollkorn-Semmelbrösel
150 ml Milch
1 große Zwiebel, gehackt
500 g Rinderhack
1 TL Paprikapulver
Salz und Pfeffer
4 EL Olivenöl
500 g frische Spaghetti
1 EL Butter
frische Estragonzweige, zum Garnieren

SAUCE

1 EL Butter
1 EL Vollkornmehl
200 ml Rinderbrühe
400 g Tomaten aus der Dose, gehackt
2 EL Tomatenmark
1 TL Zucker
1 EL fein gehackter frischer Estragon
Salz und Pfeffer

1 Die Semmelbrösel 30 Minuten in Milch einweichen.

2 Für die Sauce die Butter in einem Topf zerlassen. Das Mehl darin 2 Minuten anschwitzen. Die Rinderbrühe zugießen und 5 Minuten kochen. Tomaten, Tomatenmark, Zucker und Estragon zugeben. Gut mit Salz und Pfeffer abschmecken und 25 Minuten köcheln.

3 Zwiebel, Fleisch und Paprika mit den Semmelbröseln vermengen und mit Salz und Pfeffer abschmecken. Zu 14 Bällchen formen.

4 Die Fleischbällchen in Öl und Butter rundum gut anbräunen. In einen Topf geben, mit der Sauce übergießen, abdecken und 25 Minuten im vorgeheizten Backofen bei 180 °C backen.

5 Salzwasser in einem großen Topf zum Kochen bringen. Die Spaghetti darin mit dem Öl bissfest kochen.

6 Die Fleischbällchen aus dem Ofen nehmen und 3 Minuten abkühlen lassen. Fleischbällchen, Sauce und Spaghetti mit Estragonzweigen garnieren und servieren.

Fleischbällchen in Rotweinsauce

Für 4 Personen

150 g Semmelbrösel
150 ml Milch
Salz und Pfeffer
12 Schalotten, gehackt
500 g Rinderhack
1 TL Paprikapulver
Salz und Pfeffer
5 EL Olivenöl
1 EL Butter
500 g Eier-Tagliarini
frische Basilikumzweige, zum Garnieren

SAUCE
250 g Austernpilze, in Streifen
1 EL Butter
4 EL Olivenöl
1 EL Vollkornmehl
200 ml Rinderbrühe
150 ml Rotwein
4 Tomaten, gehäutet und gehackt
1 EL Tomatenmark
1 TL brauner Zucker
1 EL frisch gehacktes Basilikum

1 Die Semmelbrösel 30 Minuten in Milch einweichen.

2 Für die Sauce die Pilze in der Butter und dem Öl andünsten. Mehl einrühren. Brühe und Wein zugießen und 15 Minuten köcheln lassen. Tomaten, Tomatenmark, Zucker und Basilikum zugeben und 30 Minuten weiterköcheln.

3 Schalotten, Hackfleisch und Paprika mit den Semmelbröseln vermengen. Mit Salz und Pfeffer abschmecken und zu 14 Bällchen formen.

3

3

4 Öl und Butter in einer Pfanne erhitzen. Die Fleischbällchen darin rundum anbräunen. In eine feuerfeste Kasserolle geben, mit der Rotwein-Pilz-Sauce übergießen, abdecken und 30 Minuten im vorgeheizten Backofen bei 180 °C backen.

4

5 Salzwasser in einem großen Topf zum Kochen bringen. Die Nudeln darin mit 1 Esslöffel Öl bissfest kochen. Abgießen und in eine Schüssel geben.

6 Fleischbällchen und Sauce über die Nudeln geben, mit Basilikum garnieren und servieren.

Lasagne verde

Für 6 Personen

1 Portion Sauce bolognese (s. S. 6)
14 grüne Lasagne-Platten
1 EL Olivenöl
1 Portion Béchamel-Sauce (s. S. 206)
1 EL Butter
60 g Parmesan, gerieben
Salz und Pfeffer
grüner Salat mit Tomaten und schwarzen Oliven, zum Servieren

1 Die Sauce bolognese wie auf Seite 6 beschrieben zubereiten, aber ohne Deckel einige Minuten länger einkochen lassen, bis die Flüssigkeit fast ganz verdampft ist.

2 Einen großen Topf mit Salzwasser zum Kochen bringen. Die Lasagne-Platten darin mit dem Olivenöl einige Minuten vorkochen. Nur jeweils 3–4 Platten gleichzeitig kochen, sie könnten sonst zusammenkleben.

3 In der Zwischenzeit die jeweils vorgekochten Lasagneplatten auf ein feuchtes Leinentuch legen.

2

4 Die Béchamel-Sauce zubereiten. Eine rechteckige Auflaufform (Seitenlänge ca. 26 cm) mit der Butter einfetten. Zunächst etwas Sauce bolognese in die Form füllen, mit Lasagne-Platten belegen, dann etwas Béchamel-Sauce einfüllen und mit etwas Parmesan bestreuen. In dieser Reihenfolge fortfahren, bis alle Zutaten verbraucht sind. Die oberste Schicht sollte Béchamel-Sauce sein.

3

5 Den restlichen Käse darüber streuen und bei 190 °C im vorgeheizten Backofen 40 Minuten backen, bis

4

die Oberfläche des Gerichts goldbraun ist und Blasen wirft. Mit dem grünen Salat servieren.

Rindfleisch-Nudel-Kasserolle

Für 4 Personen

800 g Rindersteak, gewürfelt
150 ml Rinderbrühe
450 g getrocknete Makkaroni
300 g Schlagsahne
½ TL Garam Masala
Salz
frischer Koriander und Mandelstifte, geröstet, zum Garnieren

KHORMA-PASTE

60 g abgezogene Mandeln
6 Knoblauchzehen
2-cm-Stück frische Ingwerwurzel, gehackt
6 EL Rinderbrühe
1 TL gemahlener Kardamom
4 Gewürznelken, zerdrückt
1 TL Zimtpulver
2 große Zwiebeln, gehackt
1 TL Korianderkörner
2 TL gemahlener Kreuzkümmel
1 Prise Cayennepfeffer
6 EL Sonnenblumenöl

1 Für die Khorma-Paste die Mandeln im Mörser fein zerstoßen. Mit den anderen Zutaten im Mixer zu einer sehr glatten Paste verarbeiten.

2 Das Rindfleisch in einer flachen Schale mit der Paste bedecken und gründlich darin wälzen. 6 Stunden im Kühlschrank marinieren.

3 Fleisch in einen großen Topf geben und 35 Minuten sanft köcheln. Bei Bedarf Brühe nachgießen.

4 Salzwasser in einem großen Topf aufkochen. Die Makkaroni darin ca. 10 Minuten bissfest kochen. Abgießen und in einen hohen, ofenfesten Topf geben. Fleisch, Sahne und Garam Masala zugeben.

5 Bei 200 °C 30 Minuten im Backofen backen. Aus dem Ofen nehmen und 10 Minuten ruhen lassen. Mit Koriander und Mandeln garnieren.

1

3

Neapolitanische Kalbskoteletts

Für 4 Personen

200 g Butter
4 parierte Kalbskoteletts à 250 g
1 große Zwiebel, in Ringen
2 Äpfel, geschält, entkernt und in Scheiben geschnitten
200 g Champignons
1 EL frisch gehackter Estragon
8 schwarze Pfefferkörner
1 EL Sesamsaat
2 große Fleischtomaten, halbiert
Blätter von 1 frischen Basilikumzweig
400 g Tagliatelle
100 ml Olivenöl, extra vergine
200 g Mascarpone
Salz und Pfeffer
Basilikumblätter, zum Garnieren

1 60 g Butter in einer Pfanne zerlassen. Die Koteletts darin 5 Minuten von jeder Seite sanft anbraten. In eine Schale geben und warm stellen.

2 Zwiebel und Äpfel goldgelb anbraten. In eine ofenfeste Form geben, das Fleisch darauf platzieren und warm stellen.

2

3

3 Champignons, Estragon und Pfefferkörner 3 Minuten in der restlichen Butter braten. Mit Sesam bestreuen und beiseite stellen. Tomaten und Basilikum 2–3 Minuten in Butter dünsten und beiseite stellen.

4 Salzwasser in einem großen Topf aufkochen. Die Nudeln darin mit 1 Esslöffel Öl bissfest kochen. Abgießen und auf einen Servierteller geben. Mascarpone zugeben und mit dem restlichen Olivenöl beträufeln.

5 Zwiebel, Äpfel und Koteletts auf den Nudeln anrichten. Champignons, Pfefferkörner und Bratensaft über die Koteletts geben, Tomaten und Basilikumblätter am Rand anrichten und 5 Minuten im vorgeheizten Backofen bei 150 °C backen.

6 Auf Teller verteilen, mit Salz und Pfeffer abschmecken und sofort servieren.

Vegetarisch backen

Wer die vegetarische Ernährung bisher für eher eintönig gehalten hat, wird angesichts der Rezeptvielfalt dieses Kapitels nur staunen. Hier finden sich Gerichte, die von Einflüssen aus der orientalischen und der italienischen Küche profitieren, z. B. Gefülltes Gemüse, Paprikabrot und Brot mit getrockneten Tomaten, daneben aber auch Variationen traditionellerer Rezepte wie Gestürzter Ananaskuchen und Birnenauflauf – unwiderstehliche Köstlichkeiten für jede Jahreszeit und jeden Anlass. Und scheuen Sie sich nicht, einzelne Zutaten durch ihre eigenen Lieblingszutaten zu ersetzen, wo immer es sich anbietet.

Pikanter Augenbohnentopf

Für 4 Personen

350 g Augenbohnen, über Nacht in kaltem Wasser eingeweicht
1 EL Öl
2 Zwiebeln, gehackt
1 EL Honig
2 EL Sirup
4 EL dunkle Sojasauce
1 TL Senfpulver
4 EL Tomatenmark
450 ml frische Gemüsebrühe (s. S. 7)
1 Lorbeerblatt
je 1 Zweig Rosmarin, Thymian und Salbei
1 kleine Orange
Pfeffer
1 EL Speisestärke
2 rote Paprika, entkernt und gewürfelt
2 EL frisch gehackte glatte Petersilie, zum Garnieren
knuspriges Brot, zum Servieren

1 Die Bohnen abspülen und in einen Topf geben. Mit Wasser bedecken, aufkochen und 10 Minuten kräftig kochen. Abgießen und in eine Auflaufform füllen.

1

2 Das Fett in einer Pfanne erhitzen und die Zwiebeln 5 Minuten darin anbraten. Honig, Sirup, Sojasauce, Senfpulver und Tomatenmark zugeben. Die Brühe zugießen, aufkochen und über die Bohnen gießen.

2

3 Lorbeerblatt, Rosmarin, Thymian und Salbei mit einem Stück Küchengarn zusammenbinden und zu den Bohnen geben. Mit einem Sparschäler von der Orange 3 Streifen Schale abschneiden und mit reichlich Pfeffer zu den Bohnen geben. Abdecken und bei 150 °C im vorgeheizten Backofen etwa 1 Stunde backen.

3

4 Die Orange pressen und den Saft mit der Stärke verrühren. Zu den Bohnen geben, zugleich die Paprika zufügen. Abdecken und 1 weitere Stunde backen, bis die Sauce cremig ist und die Bohnen weich sind. Kräuter und Orangenschale entfernen.

5 Mit Petersilie garnieren und mit knusprigem Brot servieren.

Nudel-Bohnen-Eintopf

Für 6 Personen

250 g getrocknete Gartenbohnen, über Nacht eingeweicht und abgetropft
850 ml Gemüsebrühe (s. S. 7)
6 EL Olivenöl
2 große Zwiebeln, in Ringen
2 Knoblauchzehen, zerdrückt
2 Lorbeerblätter
1 TL getrockneter Oregano
1 TL getrockneter Thymian
5 EL Rotwein
2 EL Tomatenmark
250 g Penne
2 Selleriestangen, in Scheiben
1 Fenchelknolle, in Streifen
120 g Champignons, in Scheiben
250 g Tomaten, in Scheiben
Salz und Pfeffer
1 TL brauner Zucker
4 EL Semmelbrösel
Salatblätter und ofenfrisches Brot, zum Servieren

1 Die Bohnen in einem großen Topf mit kaltem Wasser bedecken. Aufkochen und 20 Minuten sprudelnd kochen, dann abgießen.

2 In einen großen feuerfesten Topf geben. Die Brühe zugeben und 5 EL Öl, Zwiebeln, Knoblauch, Lorbeerblätter, Oregano, Thymian, Wein und Tomatenmark einrühren.

3 Aufkochen, abdecken und 2 Stunden im vorgeheizten Backofen bei 180 °C garen.

4 Gegen Ende der Garzeit Salzwasser in einem großen Topf zum Kochen bringen. Die Penne darin mit dem restlichen Öl ca. 3 Minuten vorgaren, abgießen und beiseite stellen.

5 Nudeln, Sellerie, Fenchel, Champignons und Tomaten zu den Bohnen geben und mit Salz und Pfeffer abschmecken.

6 Den Zucker einrühren und mit Semmelbröseln bestreuen. Abgedeckt 1 weitere Stunde im Ofen garen. Heiß mit Salat und Brot servieren.

2

6

Cannelloni mit Champignons

Für 4 Personen

350 g kleine Champignons, fein gehackt
1 Zwiebel, fein gehackt
1 Knoblauchzehe, zerdrückt
1 EL frisch gehackter Thymian
½ TL geriebene Muskatnuss
4 EL trockener Weißwein
50 g frische Semmelbrösel
Salz und Pfeffer
12 Cannelloni
Parmesanspäne, zum Garnieren

TOMATENSAUCE
1 große rote Paprika
200 ml trockener Weißwein
450 ml passierte Tomaten
2 EL Tomatenmark
2 Lorbeerblätter
1 TL feiner Zucker

1 Champignons, Zwiebel und Knoblauch in einen Topf geben, mit Thymian, Muskatnuss sowie Wein verrühren und aufkochen. Abgedeckt 10 Minuten garen.

2 Zum Binden die Semmelbrösel einrühren. Mit Salz und Pfeffer abschmecken. Abkühlen lassen.

3 Den Grill vorheizen. Für die Sauce die Paprika halbieren und entkernen. Auf einen Grillrost legen und 10 Minuten grillen, bis die Haut Blasen wirft. 10 Minuten abkühlen lassen.

4 Die Paprika häuten. Das Fruchtfleisch würfeln und mit dem Wein im Mixer pürieren, anschließend in einen Topf gießen.

5 Die restlichen Saucenzutaten zufügen und abschmecken. 10 Minuten bei geringer Hitze kochen. Die Lorbeerblätter entfernen.

6 Etwas Sauce auf den Boden einer ofenfesten Form streichen. Cannelloni mit der Pilzmischung füllen und in die Form setzen. Die restliche Sauce darüber verteilen und mit Alufolie abdecken. Bei 200 °C im vorgeheizten Backofen 35–40 Minuten backen und heiß mit Parmesan garniert servieren.

1

6

Gefülltes Gemüse

Für 4 Personen

4 große Fleischtomaten
Salz und Pfeffer
4 Zucchini
2 orangefarbene Paprika

FÜLLUNG
225 g Bulgur
1/4 Salatgurke
1 rote Zwiebel
2 EL Zitronensaft
2 EL frisch gehackter Koriander
2 EL frisch gehackte Minze
1 EL Olivenöl
2 TL Kreuzkümmelsamen
warmes Fladenbrot und Hummus, zum Servieren

TIPP

Um die Garzeit zu verkürzen, das Gemüse – bis auf die Tomaten – vor dem Füllen blanchieren, und zwar Paprika, Zucchini und Aubergine jeweils 5 Minuten.

1 Von den Tomaten Deckel abschneiden und beiseite legen. Das Fruchtfleisch herauslösen und in einer Schale sammeln. Die Tomaten innen mit Salz und Pfeffer würzen, dann kopfüber auf Küchenpapier stellen.

2 Die Zucchini putzen und von der Spitze aus in Längsrichtung je 1 langen Keil herausschneiden. Die Keile fein würfeln, zu dem Tomatenfruchtfleisch geben und salzen. Beiseite stellen. Die Paprika so halbieren, dass die Stiele ganz bleiben. Die Samen entfernen, dann die Schoten innen mit Salz und Pfeffer würzen.

3 Für die Füllung den Bulgur einweichen. Die Gurke fein hacken und zur Tomaten-Zucchini-Mischung geben. Die rote Zwiebel hacken, mit Zitronensaft, Kräutern, Olivenöl und Kreuzkümmel zur Gemüsemischung geben und gründlich verrühren.

4 Den aufgequollenen Bulgur unter die Mischung rühren, dann in das ausgehöhlte Gemüse füllen. Die abgeschnittenen Deckel wieder auf die Tomaten setzen, dann das Gemüse auf einem Backblech bei 200 °C im vorgeheizten Backofen 20–25 Minuten gar backen. Abtropfen lassen und mit Fladenbrot und Hummus servieren.

Linsen-Paprika-Tarte

Für 6 Personen

TEIG

230 g Weizen-Vollkornmehl

100 g Pflanzenmargarine, in kleinen Stücken

4 EL Wasser

FÜLLUNG

180 g rote Linsen, gewaschen

300 ml Gemüsebrühe (s. S. 7)

20 g Pflanzenmargarine

1 Zwiebel, gehackt

2 rote Paprika, entkernt und gewürfelt

1 TL Hefe-Extrakt

1 EL Tomatenmark

3 EL frisch gehackte Petersilie

Pfeffer

1 Für den Teig das Mehl in eine Schüssel geben. Die Margarine mit den Fingern darin verreiben, bis ein krümeliger Teig entsteht. Wasser zufügen und zu einem glatten Teig verarbeiten. Den Teig in Frischhaltefolie wickeln und 30 Minuten kalt stellen.

2 Für die Füllung Linsen und Brühe in einem Topf zum Kochen bringen. Dann die Hitze reduzieren und 10 Minuten köcheln lassen, bis die Linsen zerfallen. Vom Herd nehmen und die Masse mit dem Pürierstab zu Püree verarbeiten.

3 Die Margarine in einem kleinen Topf zerlassen. Zwiebeln und Paprika darin weich dünsten.

4 Linsenpüree, Hefe-Extrakt, Tomatenmark und Petersilie zugeben. Mit Pfeffer würzen und gut mischen.

5 Den Teig auf einer leicht bemehlten Arbeitsfläche ausrollen und in eine Springform (24 cm Ø) einpassen. Den Teigboden mehrmals mit einer Gabel einstechen, und die Linsenmischung darauf verteilen.

6 Die Tarte bei 200 °C im vorgeheizten Backofen 30 Minuten backen, bis die Füllung fest ist.

Paranuss-Champignon-Pie

Für 4 Personen

TEIG

230 g Weizen-Vollkornmehl

100 g Pflanzenmargarine, in kleinen Stücken

4 EL Wasser

Sojamilch, zum Glasieren

FÜLLUNG

20 g Pflanzenmargarine

1 Zwiebel, gehackt

1 Knoblauchzehe, fein gehackt

130 g Champignons, in Scheiben geschnitten

1 EL Mehl

150 ml Gemüsebrühe (s. S. 7)

1 EL Tomatenmark

180 g Paranüsse, gehackt

80 g Vollkorn-Semmelbrösel

2 EL frisch gehackte Petersilie

½ TL Pfeffer

1 Für den Teig das Mehl in eine Schüssel geben. Die Margarine mit den Fingern darin verreiben, bis ein krümeliger Teig entsteht. Das Wasser zufügen und zu einem glatten Teig verarbeiten. In Frischhaltefolie wickeln und 30 Minuten kalt stellen.

2 Für die Füllung die Margarine in einer Pfanne zerlassen, Zwiebeln, Knoblauch und Pilze zufügen und 5 Minuten weich dünsten. Mehl zugeben und unter Rühren 1 Minute kochen. Langsam die Brühe einrühren, bis eine glatte, dickflüssige Sauce entsteht. Tomatenmark, Nüsse, Semmelbrösel, Petersilie und Pfeffer zugeben. Dann etwas abkühlen lassen.

3 Zwei Drittel des Teigs ausrollen und in eine Springform (20 cm Ø) einpassen. Die Füllung darauf verteilen. Die Teigränder mit Sojamilch bestreichen. Den restlichen Teig ausrollen und auf die Füllung legen. Die Teigränder zusammendrücken, die Oberfläche leicht einritzen und mit Sojamilch bestreichen.

4 Bei 200 °C im vorgeheizten Backofen 30–40 Minuten goldbraun backen.

2

2

Paprikabrot

Für 4 Personen

etwas Margarine, zum Einfetten

1 rote Paprika, halbiert und entkernt

1 gelbe Paprika, halbiert und entkernt

2 frische Rosmarinzweige

1 EL Olivenöl

10 g Trockenhefe

1 TL Zucker

300 ml lauwarmes Wasser

500 g Mehl

1 TL Salz

2

6

1 Eine Springform (25 cm Ø) mit Margarine einfetten.

2 Paprika (Schnittseite nach unten) und Rosmarin in einen flachen ofenfesten Bräter geben, mit dem Öl beträufeln und im Backofen bei 200 °C etwa 20 Minuten rösten, bis die Paprika stellenweise schwarz ist. Paprika abkühlen lassen, enthäuten und in Streifen schneiden.

3 Hefe und Zucker in einen Messbecher geben, mit 100 ml Wasser auffüllen und 15 Minuten gehen lassen, bis die Mischung schäumt.

4 Das Mehl mit dem Salz in einer Schüssel vermengen. Die angerührte Hefe und das restliche Wasser zugießen und zu einem festen Teig verrühren.

7

5 Den Teig etwa 5 Minuten glatt kneten. Dann mit eingefetteter Frischhaltefolie abdecken und 30 Minuten gehen lassen, bis er sein Volumen verdoppelt hat.

6 Den Teig dritteln. Zu je 1 Scheibe ausrollen, deren Durchmesser 4 cm größer als der der Springform ist.

7 Eine Teigscheibe auf den Boden der Form legen, sodass die Ränder etwas hochragen. Mit der Hälfte der Paprikamischung belegen.

8 Die zweite Teigscheibe darauf legen und mit der restlichen Mischung bedecken. Mit der letzten Scheibe abschließen und sie an den Rändern nach unten drücken.

9 Das Paprikabrot mit einem eingefetteten Stück Frischhaltefolie abdecken und erneut 30–40 Minuten gehen lassen. Dann 45 Minuten bei 190 °C im vorgeheizten Backofen goldbraun backen und warm servieren.

Knoblauch-Salbei-Kringel

Für 6 Personen

250 g Vollkornmehl

1 Päckchen Trockenhefe

3 EL frisch gehackter Salbei

2 TL Meersalz

3 Knoblauchzehen, fein gehackt

1 TL Honig

150 ml lauwarmes Wasser

1 Ein Backblech einfetten. Das Mehl in eine große Schüssel sieben und mit der ausgesiebten Kleie verrühren.

2 Trockenhefe, Salbei und die Hälfte des Salzes untermischen. 1 Teelöffel Knoblauch beiseite stellen, den restlichen Knoblauch unterrühren. Honig und Wasser zugeben und zu einem festen Teig verarbeiten.

3 Den Teig von Hand auf einer leicht bemehlten Arbeitsfläche oder mit den Knethaken eines elektrischen Rührgeräts 5 Minuten kneten.

4 Den Teig in eine eingefettete Schüssel geben, abdecken und an einem warmen Ort gehen lassen, bis sich sein Volumen verdoppelt hat.

5 Den Teig erneut ein paar Minuten durchkneten. Dann zu einem Ring formen und auf das vorbereitete Backblech legen.

6 Den Kringel abdecken und erneut 30 Minuten gehen lassen, bis der Teig elastisch ist. Dann mit dem restlichen Salz und dem übrigen Knoblauch bestreuen.

3

5

6

7 Den Kringel bei 200 °C im vorgeheizten Backofen 25–30 Minuten backen. Vor dem Servieren auf einem Rost abkühlen lassen.

TIPP

Formen Sie den Teig zuerst zu einer langen Rolle und dann zu einem Ring. Das Meersalz zum Bestreuen kann auch weggelassen werden.

Brot mit getrockneten Tomaten

Für 4 Personen

10 g Trockenhefe
1 TL Zucker
300 ml lauwarmes Wasser
500 g Mehl
1 TL Salz
2 TL getrocknetes Basilikum
2 EL Tomatenmark
12 sonnengetrocknete Tomaten in Öl, abgetropft und in Streifen

2

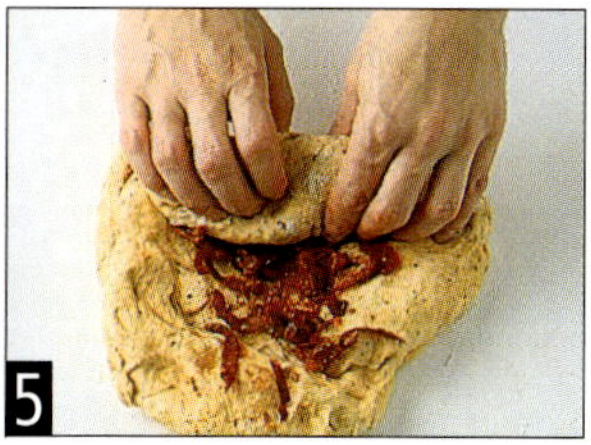
5

1 Hefe und Zucker in einen Messbecher geben, mit 100 ml Wasser auffüllen und etwa 15 Minuten gehen lassen, bis die Mischung schäumt.

2 Das Mehl mit dem Salz in einer Schüssel vermengen. Eine Vertiefung in die Mitte des Mehls drücken. Das Basilikum, die angerührte Hefe, das Tomatenmark sowie 100 ml Wasser zugeben und verrühren. Nach und nach das restliche Wasser untermengen, bis der Teig fest ist.

3 Den Teig auf einer bemehlten Arbeitsfläche etwa 5 Minuten kneten. Zurück in die Schüssel geben, mit eingefetteter Frischhaltefolie abdecken und 30 Minuten gehen lassen, bis er sein Volumen verdoppelt hat.

4 Eine 20–25 cm große Kastenform leicht einfetten.

6

5 Den Teig aus der Schüssel nehmen, die getrockneten Tomaten zugeben und noch einmal 2–3 Minuten durchkneten.

6 Den Teig in die Form geben und 30–40 Minuten auf das doppelte Volumen gehen lassen. Im vorgeheizten Backofen bei 190 °C 30–35 Minuten goldbraun backen. Das Brot ist gar, wenn es beim Klopfen auf die Unterseite hohl klingt. Auf einem Rost auskühlen lassen.

Biskuit ohne Ei

Für 8 Personen

230 g Weizen-Vollkornmehl
4 TL Backpulver
180 g feiner Zucker, plus etwas mehr, zum Bestreuen
6 EL Sonnenblumenöl
250 ml Wasser
5 Tropfen Vanillearoma
4 EL zuckerreduzierte Erdbeer- oder Himbeermarmelade

TIPP

Normale Margarine, die nicht speziell als für Veganer geeignet etikettiert ist, kann tierische Produkte wie Molke, Butterfett oder entrahmte Milch enthalten.

1 Zwei runde Backformen von je 20 cm Ø einfetten und mit Backpapier auslegen.

2 Mehl und Backpulver in eine große Schüssel sieben. Die ausgesiebte Kleie zugeben und untermischen. Dann den Zucker einrühren.

3 Sonnenblumenöl, Wasser und Vanillearoma zufügen und 1 Minute verrühren, bis ein weicher Teig entsteht. Den fertigen Teig auf die Backformen verteilen.

4 Bei 180 °C im vorgeheizten Ofen 25–30 Minuten backen, bis die beiden Böden elastisch sind.

5 In den Formen etwas abkühlen lassen, dann auf ein Rost legen. Das Backpapier vorsichtig entfernen.

VARIATION

Für einen Biskuit mit Schokoladengeschmack 20 g des Mehls durch Kakaopulver ersetzen. Für einen erfrischenden Zitrusgeschmack die geriebene Schale von 1/2 Zitrone oder Orange in Schritt 2 zugeben. Für einen feinen Kaffeegeschmack 2 Teelöffel Mehl durch Instantkaffee ersetzen.

6 Einen der Böden auf einen Kuchenteller geben und mit Marmelade bestreichen. Mit dem anderen Boden bedecken.

7 Den fertigen Kuchen mit etwas Zucker bestreuen.

Tofukuchen

Für 6 Personen

etwas Margarine, zum Einfetten

130 g Vollkornkekse, zerkrümelt

50 g Pflanzenmargarine, zerlassen

50 g Datteln, entsteint und gehackt

4 EL Zitronensaft

geriebene Schale von 1 Zitrone

3 EL Wasser

350 g fester Tofu

150 ml Apfelsaft

1 Banane, zerdrückt

5 Tropfen Vanillearoma

1 Mango, geschält, entsteint und gehackt

1 Eine Springform (18 cm Ø) leicht mit Margarine einfetten.

2 Kekse und Margarine in einer Schüssel vermengen. In die Springform füllen und mit einem Löffel festdrücken.

3 Datteln, Zitronensaft, Zitronenschale und Wasser in einem Topf zum Kochen bringen. 5 Minuten köcheln lassen, bis die Datteln weich sind. Anschließend die Datteln mit einer Gabel zerdrücken.

4 Tofu, Apfelsaft, Banane und Vanillearoma zugeben und mit einem Pürierstab oder in einer Küchenmaschine zu einem dickflüssigen, weichen Püree verarbeiten.

5 Das Püree auf den Keksboden geben und glatt streichen.

6 Den Kuchen bei 180 °C im vorgeheizten Backofen 30–40 Minuten goldbraun backen, dann in der Form etwas abkühlen lassen und vor dem Servieren kalt stellen.

7 Die Mango mit einem Pürierstab oder in einer Küchenmaschine zu einem sehr feinen Püree verarbeiten. Das Püree als Sauce zu dem gekühlten Tofukuchen servieren.

2

3

Gestürzter Ananaskuchen

Für 8 Personen

430 g ungesüßte Ananasstücke, abgetropft (Saft auffangen)
4 TL Maismehl
50 g brauner Zucker
50 g Pflanzenmargarine, in kleinen Stücken
125 ml Wasser
geriebene Schale von 1 Zitrone

BISKUIT
50 ml Sonnenblumenöl
75 g brauner Zucker
150 ml Wasser
150 g Mehl
2 TL Backpulver
1 TL gemahlener Zimt

1 Eine Kuchenform (18 cm Ø) einfetten und mit Backpapier auslegen. Ananassaft und Maismehl verrühren, mit Zucker, Margarine und Wasser in einen Topf geben und bei schwacher Hitze unter Rühren erwärmen, bis der Zucker aufgelöst ist. Die Hitze erhöhen und 2–3 Minuten köcheln lassen, bis die Masse eindickt. Beiseite stellen und etwas abkühlen lassen.

2 Für den Teig Öl, Zucker und Wasser in eine Pfanne geben. Vorsichtig erhitzen, bis der Zucker gelöst ist. Abkühlen lassen. Mehl, Backpulver und Zimt in eine Schüssel sieben. Den abgekühlten Zuckersirup darüber gießen und alles zu einem glatten Teig verarbeiten.

3 Ananasstücke und Zitronenschale in die Form geben und mit 4 Esslöffeln Ananassauce übergießen. Dann den Teig auf der Früchtemasse verteilen.

4 Den Kuchen bei 180 °C im vorgeheizten Backofen 35–40 Minuten backen, bis ein in die Mitte gestochener Metallspieß teigfrei bleibt. Dann stürzen, 5 Minuten abkühlen lassen, Form und Papier entfernen, mit der restlichen Ananassauce servieren.

Aprikosenschnitten

Ergibt 12 Stück

TEIG

230 g Weizen-Vollkornmehl

50 g gemischte Nüsse, fein gemahlen

100 g Pflanzenmargarine, in kleinen Stücken

4 EL Wasser

Sojamilch, zum Glasieren

FÜLLUNG

230 g getrocknete Aprikosen

geriebene Schale von 1 Orange

300 ml Apfelsaft

1 TL gemahlener Zimt

50 g Rosinen

TIPP

In einem luftdichten Behälter halten sich die Schnitten 3–4 Tage.

1 Eine quadratische Backform (Seitenlänge 24 cm) leicht einfetten. Für den Teig Mehl und Nüsse in eine große Schüssel geben. Die Margarine mit den Fingern darin zu einem krümeligen Teig verreiben. Wasser zugeben und zu einem glatten Teig verarbeiten. Den Teig in Frischhaltefolie wickeln und 30 Minuten kalt stellen.

1

2 Für die Füllung Aprikosen, Orangenschale und Apfelsaft in einem Topf zum Kochen bringen. 30 Minuten köcheln lassen, bis die Aprikosen weich sind. Etwas abkühlen lassen, mit dem Pürierstab oder Mixer pürieren, dann Zimt und Rosinen einrühren.

3 Den Teig halbieren. Eine Hälfte ausrollen und auf das Backblech

2

3

legen. Das Aprikosenpüree darauf verteilen, einen Teigrand stehen lassen und mit Wasser bestreichen. Den übrigen Teig ebenfalls ausrollen, den Kuchen damit abdecken und die Teigränder zusammendrücken.

4 Die Oberfläche mit einer Gabel einstechen und mit Sojamilch bestreichen. Dann bei 200 °C im vorgeheizten Backofen 20–25 Minuten goldbraun backen. Etwas abkühlen lassen und in 12 Schnitten servieren.

Dattel-Aprikosen-Kuchen

Für 8 Personen

230 g Weizen-Vollkornmehl
50 g gemischte Nüsse, gemahlen
100 g Pflanzenmargarine, in Stücken
4 EL Wasser
230 g getrocknete Aprikosen, gehackt
230 g Datteln, entsteint, gehackt
430 ml Apfelsaft
1 TL gemahlener Zimt
geriebene Schale von 1 Zitrone
Vanillesauce aus Sojamilch, zum Servieren (nach Belieben)

1 Mehl und Nüsse in eine Schüssel geben. Die Margarine mit den Fingern darin verreiben, bis ein krümeliger Teig entsteht. Wasser zufügen und zu einem glatten Teig verarbeiten. Den Teig in Frischhaltefolie wickeln und 30 Minuten kalt stellen.

2 Aprikosen, Datteln, Apfelsaft, Zimt und Zitronenschale in einem kleinen Topf zum Kochen bringen, abdecken und 15 Minuten köcheln lassen, bis die Früchte zu einem weichen Mus zerfallen sind.

3 Etwas Teig für die Gitterstreifen beiseite legen. Den restlichen Teig auf einer bemehlten Arbeitsfläche ausrollen und in eine Springform (mit 24 cm Ø) einpassen.

4 Die Fruchtfüllung auf dem Teig in der Form verteilen. Den restlichen Teig ausrollen und in 1 cm breite Streifen schneiden. Die Streifen verzwirbeln und gitterartig über die Fruchtmasse legen. Die Enden mit Wasser befeuchten und am Kuchenrand festdrücken.

2

4

4

5 Den Kuchen bei 200 °C im vorgeheizten Backofen 25–30 Minuten goldbraun backen. In Scheiben schneiden und mit Vanillesauce servieren.

Birnenauflauf

Für 6 Personen

6 Dessertbirnen
1 EL kandierter Ingwer, gehackt
1 EL brauner Zucker
2 EL Orangensaft
STREUSEL
180 g Mehl
80 g Pflanzenmargarine, in kleinen Stucken
30 g Mandelblättchen
30 g Haferflocken
50 g brauner Zucker
Sojamilch-Vanillesauce, zum Servieren (nach Belieben)

VARIATION

Für einen würzigeren Geschmack kann man in Schritt 3 1 Teelöffel Lebkuchen-Gewürzmischung zugeben.

1 Eine 1-l-Auflaufform leicht mit Margarine einfetten.

2 Die Birnen schälen, entkernen, vierteln und in Scheiben schneiden. Mit Ingwer, Zucker und Orangensaft in einer Schüssel mischen. Die Mischung in die Form geben.

3 Für die Streusel das Mehl in eine Schüssel sieben. Mit der Margarine zu einem krümeligen Teig verreiben. Mandeln, Haferflocken und Zucker zugeben und gut untermengen.

4 Die Streusel gleichmäßig über die Birnenmischung verteilen.

5 Den Auflauf bei 190 °C im vorgeheizten Backofen 30 Minuten goldbraun backen. Nach Belieben mit Sojamilch-Vanillesauce servieren.

2

3

4